예멘, 난민, 제주
나의 난민 일기

Yemen, Refugee, Jeju
My Refugee Diary

■ 필자소개

모하메드 (Alghaodari Mohammed Salem Duhaish) 예멘 난민, 제주도 서귀포시 남원 사람
김준표 (金埈杓) 제주대학교 탐라문화연구원 학술연구교수
김진선 (金秦仙) 제주대학교 탐라문화연구원 학술연구교수

예멘, 난민, 제주
나의 난민 일기
Yemen, Refugee, Jeju
My Refugee Diary

초판 인쇄 2022년 06월 20일
초판 발행 2022년 06월 24일

집필자 모하메드 김준표 김진선
발행인 쿰다인문학 사업단
발행처 제주대학교 탐라문화연구원
    등록 1984년 7월 9일 제주시 제9호
    63243 제주특별자치도 제주시 제주대학로 102(아라일동 제주대학교)
    전화 064)754-2310 홈페이지 www.tamla.jejunu.ac.kr

펴낸이 신학태
펴낸곳 도서출판 온샘
등 록 제2018-000042호
주 소 서울시 용산구 한강대로62다길 30, 트라이곤 204호
전 화 (02) 6338-1608 팩스 (02) 6455-1601
이메일 book1608@naver.com

ISBN 979-11-92062-13-6 93810
값 17,000원

탐라문화학술총서 30
쿰다난민기획총서 03

예멘
난민
제주

: 나의 난민 일기

Yemen, Refugee, Jeju
: My Refugee Diary

모하메드, 김준표, 김진선

제주대학교 탐라문화연구원
'쿰다'로 푸는 제주 섬의 역사와 난민 사업단

도서출판 온샘

　　2019년 9월, 제주대학교 탐라문화연구원은 한국연구재단의 인문사회연
구소지원사업을 통해 〈쿰다로 푸는 제주 섬의 역사와 난민〉이라는 주제로
연구사업단을 꾸렸다. 쿰다, 제주 섬, 역사, 난민이라는 키워드로 연구진이
구성되었지만, 사실 난민 특히 그 당시 제주에 도착했던 예멘 난민들을 직접
만났던 경험이 있는 연구자는 없었다. 실무진에 예멘 난민을 위한 한국어 교
실에서 봉사했던 이가 있었을 뿐이다.

　　난민 연구를 시작하는 입장에서 급선무는 난민을 만나는 일이었다.

　　우선 "난민 출현과 개념의 문제: 외교적, 법률적, 인도적 입장"이라는 주
제로 좌담회를 가졌다. 한국정부에서 제주도로 긴급파견 되어 와 있던 김성
은 대사, 예멘 난민을 위해 지원활동을 펼쳤던 '제주불교 예멘난민 대책위원
회'의 김용범 부위원장, 예멘 난민의 사정과 예멘 난민을 둘러싼 혐오 반응
및 지원 활동 등을 취재하였던 제주투데이의 김재훈 기자, 제주대 법학전문
대학원 조은희 교수가 함께 하였다. 제주에 도착한 예멘 난민의 실상을 대략
적이나마 확인할 수 있었다. 500여 명 예멘 난민들의 급작스러운 출현에 맞
닥뜨려 정제되지 못한 한국사회의 반응에 대해서도 고민할 수 있었다. 정부
의 입장과 외교부의 노력들도 살필 수 있었고, 난민법은 있으나 그 시행이
준비되지 못했던 현실도 짚어볼 수 있었다.
　　다음으로 진행했던 것이 제주에 거주하고 있는 현지 난민 초청 좌담회였다.
'모두우리 네트워크'의 최용찬 사무국장과 예멘 출신 난민 모하메드 그리고 방
글라데시 출신 난민 사이푸를 초청하여 "난민의 여정"이라는 주제의 좌담회와
"난민의 제주살이"라는 주제의 쿰다 콜로키움을 열었다. 모하메드는 인도적 체류
허가(G-1-6) 상태였고, 사이푸는 난민 신청 심사중(G-1)이었다. 이때 '난민의
여정'과 '난민의 제주살이'를 확장하여 책으로 출판하자는 구상이 시작되었다.

사이푸는 그때 이후 얼마 지나지 않아 한국을 떠났고, 모하메드는 서귀포시 남원에 계속 살고 있었다. 모하메드를 만나 책의 구상을 설명하고 방법을 의논하였다. 대화를 나누고 대화록을 책으로 엮는 방법과 인터뷰를 하고 질적 연구방법에 따라 학술 논문 작업을 하는 방법 등을 고민하였다. 생업에 몰두하여 시간에 쫓기는 모하메드에게는 이 모두가 다 벅찬 방식이었다. 모하메드에게 영어로 글을 쓰는 것은 혼자서도 할 수 있으니 일단 자신의 이야기를 적어보면 어떻겠냐고 하였다. 모하메드는 그 정도면 시간을 낼 수 있겠다며 자신의 이야기를 영어로 적어 보내겠다고 했다.

이 책은 모하메드의 이야기이다.
예멘을 출발하여 제주에 도착한 난민의 여정을 담은
모하메드의 난민 일기이다.

책은 크게 세 부분으로 되어있다. 첫째가 모하메드가 영어로 쓴 "나의 난민 일기"이다. 책의 왼쪽 면에 배치하였다. 다음이 김준표가 모하메드의 글을 한국어로 옮겨 쓴 "모하메드의 난민 일기"이다. 책의 오른쪽 면에 배치하였다. 마지막은 김진선의 "예멘의 역사와 난민"이다. 우리가 만난 예멘 난민들을 생각하며 그들이 출발한 예멘을 이해해보려고 노력하였다. 책의 뒷부분에 포함되었다.

모하메드는 영어가 모국어가 아니다. 그의 모국어는 아랍어이다. 영어는 모하메드에게 외국어이다. 영어가 모국어가 아닌 사람이 쓴 글이어서 원어민의 입장에서 본다면 고쳐 쓰고 싶은 부분이 있을 것이다. 하지만 군이 원어민에게 교정 교열 작업을 맡기지 않았고, 거의 그대로 두기로 했다. 그 편이 좀 더 생생하게 읽히리라고 생각했기 때문이다.

모하메드의 난민 일기를 그대로 한국어로 번역하는 것이 예의지만 그렇게 하지 않았다. 3·4년 정도 영어를 배운 사람들이 읽고 이해할 수 있겠다고 판단했기 때문이다. 영어로 쓰여있는 모하메드의 난민 일기는 1인칭이지만 한글로 옮길 때는 3인칭으로 바꾸었고, 군데군데 사족을 달아두었다. 다른 사람의 일기를 읽어가며 스스로를 성찰하는 시간을 가져볼 요량이었는데, 어느 순간 모하메드의 글에 빠져서 내용을 옮기기에 급급한 경우가 더 많았다.

영어를 공부하는 사람들에게 편리하도록 영어와 한글을 좌우 한쪽에서 비교할 수 있도록 배치하였다. 중3·고1 수준의 영어실력을 가지고 있는 사람이 '나도 이렇게 영어로 일기를 써 볼 수 있겠구나' 하는 마음을 가진다면 그 또한 소기의 목적 달성일 수도 있겠다. 모하메드는 한 구절을 한 문장으로 끊어 쓰는 것보다 이어 쓰는 것을 좋아한다. 가만히 들여다보면 문법에 어긋나는 것은 많지 않다. 또 강조하고 싶은 부분을 (괄호) 안에 넣거나 문장 중간에 대문자 표기를 넣는다. (괄호)를 따옴표처럼 쓰기도 한다. 한 문장으로 한 단락을 구성하는 경우도 많다. 한 줄을 띄어 쓰는가 하면 두 줄을 띄어쓰기도 한다. 그 호흡에 맞추면서 가능한 한 좌우 내용을 일치시키며 배치하였는데 이것이 오히려 읽기에 불편함을 끼치지 않을까 우려되기도 한다. 모하메드는 영어로 자신의 이름을 Muhammad라고 표기하기도 하고 Mohammad라고 표기하기도 한다. 이유를 물어보았다. 사실 어느 편이든 상관없다고 했다. 'U' 든 'O'든 원래 자기 이름의 모음과 같지 않고 또 다르지 않다고. 사실 외국인등록증에도 Mohammed 라고 표기되어 있다고, 제주에서 사람들은 자신을 모하메드라 부르고 이제 자기도 모하메드라고 소개한다며 그대로 모하메드로 표기하기로 했다.

글을 읽어가며
글로 옮겨가며
가끔 성찰하며

모하메드와 함께 긴장하였고 모하메드와 함께 위로받았다.

차 례

8

모하메드의 난민 일기 ■ 김준표

예멘의 역사와 난민 ■ 김진선

필자소개

My Refugee Diary

모하메드의 난민 일기

My name is Mohamed, I'm 37 years old and I'm from Yemen.

My life story takes place in several countries around the world.

예멘에서 제주로 온 난민 모하메드는 37세이다.

제주에서 모하메드를 만난 나는 57세이다.

모하메드의 난민 일기를 읽으며
모하메드의 37년 삶을 만나며
나는 나의 37년을 성찰한다.

모하메드의 난민 일기를 읽으며
모하메드의 37년 삶을 만나며
나는 나의 37년을 성찰한다.

모하메드의 이야기는 세계의 여러 나라들에 걸쳐있다.

Kingdom Saudi Arabia

My Yemeni father, who works in Saudi Arabia as a civil engineer, meets my mother, who resides with her family in Saudi Arabia, and he admires her and decides to marry her, He married her in 1982, and my mother bore him four children, two females and two males,I was their second child, born on March 21, 1985.

We lived the beginning of our childhood, me and my brothers, with our parents, a beautiful, wonderful and quiet life. My father used to provide us with all means of comfort, and my mother took care of us and worked hard to make us happy, and we were very happy.

사우디 아라비아 왕국

1985년은 내가 대학생이 된 해이다. 이때부터 지난 37년동안 아마 앞으로도 85학번은 나를 설명하는 술어이다. 모하메드가 사우디 아라비아에서 예멘인의 자녀로 태어났을 때 나는 제주대학교 85학번 새내기였다.

모하메드는 사우디 아라비아에서 태어났으니 사우디 아라비아 국민인 걸까? 부모를 따라 예멘 국민인 걸까? 아랍국가들은 속지주의가 아닌 속인주의를 채택하고 있으니, 사우디 아라비아에서 태어났고 예멘에 가본 적도 없었어도 모하메드는 사우디 아라비아에 살고 있는 예멘사람이었다. 제주에서 태어나 제주사람이지만 부모가 제주사람이어서 제주사람이기도 한 나와 모하메드는 모두 자신의 경계를 스스로 선택할 수 없었다. 모하메드와 나만 그런 것이 아니다. 누구의 출생에서든 선택의 권리는 없다.

In 1990, events occurred in the Persian Gulf region, where there was an attack on Kuwait by Iraq, and a vote to launch a war against Iraq took place in the Arab League. There were countries that agreed and others abstained in the war, including Yemen. Some Arab countries forced other Arab countries to agree to wage war against Iraq, for example, the Kingdom of Saudi Arabia pressured the Republic of Yemen to agree, but the Republic of Yemen refused, for several reasons, including that the Republic of Yemen was a new country.

Since in the same year Yemen was unified, and instead of what were two states (the Yemen Arab Republic) and (the People's Democratic Socialist Republic of Yemen), one state became (the Republic of Yemen).

From here, pressure began from the Kingdom of Saudi Arabia and some wealthy Gulf countries on the Republic of Yemen, including the restrictions on Yemeni residents in those countries

Many Yemenis preferred to return to Yemen so that they would not be subjected to further harassment, and the situation in Yemen was very good during that period, and Yemen was considered one of the wealthy Gulf countries.

And my family was one of those Yemeni families that left the land of the Kingdom of Saudi Arabia after staying there for many years, all because of political problems that we, the citizens, had nothing to do with.

걸프전 당시에 나는 대한민국 육군 포병장교로 군 복무중이었다. 한미연합작전 팀스피리트 훈련에 연락장교로 파견나갔다가 돌아온지 얼마 안되어 걸프전이 발발했던 것으로 기억난다. 가상전쟁(war-game) 시나리오를 돌려보며 걸프전의 진행을 모니터로 지켜보았던 탓에, 걸프전은 현실이 아니라 가상으로 느껴졌다. 미군이 다국적군을 구성하고 사우디 아라비아를 보호하며 쿠웨이트 전장에 뛰어들었을 때, 한국군도 걸프전에 파병될 것인가 하는 고민 정도가 현실이었다. 그나마 전투병과의 파병은 일어나지 않았지만, 당시 군복무중이었던 군인들은 파병의 손익관계를 개인적으로 따져보며 걸프전을 입에 올리고 있었다. 걸프전에 파병되어 수당을 챙겨야 하는데 그러지 못했다는 농담이 이곳저곳에서 들려왔다. 경제적 이익과 신체적 위험을 놓고 저울질 하였다. 이를 두고 현실 속의 전쟁을 가상 전쟁으로 인식하게 만들었던 걸프전 방송영상의 탓으로만 돌릴 수 있을까. 전쟁에 대한 농담이라니. 그 살벌하게 가벼운 농담에서 벗어나고 싶어서 현실적인 전쟁의 참상을 전하는 방송영상들조차 보지 않으려고 눈을 감았다. 도피를 선택했던 것이다.

걸프전 발발은 1990년 8월이었다. 그리고 예멘은 그해 5월에 통일을 이룬 상태였다. 오스만제국의 지배 이후 연달아 영국의 식민지배 하에 있던 예멘의 북서지역은 제국주의 영국에 대한 저항으로 예멘자유민주주의공화국을 표방하며 예멘 아랍 공화국으로 1918년에 독립했고, 1967년에는 남동지역은 자유주의 영국에 대한 저항으로 예멘인민민주공화국으로 독립하였다. 두 예멘은 1990년 5월 22일 냉전국가 최초로 통일을 합의하며 독일 통일보다 한 발 앞서 통일 예멘, 예멘 공화국(the Republic of Yemen)을 출범시켰다. 그런데, 걸프전이 터지고 만 것이다.

신생 통일국가 예멘은 걸프지역에 있었지만 전쟁의 소용돌이 속으로 뛰어들지 않았다. 국내 정세를 안정시키는 것이 우선이었기 때문일 것이다. 사우디에 살고있던 예멘인들은 예멘의 참전을 촉구하는 사우디를 떠나 예멘으로 돌아갈 수밖에 없었다. 모하메드의 가족도 예멘으로 향하는 막차에 올라탔다.

Yemen

We returned to our beloved country, and settled in the happy Yemen, and our happy life and happy childhood continued.

We had a happy childhood, a stable life, a very good standard of living, we went to free government schools, whether primary, preparatory or secondary, up to university, we enjoyed free government health services and everything was available to us and we did not suffer from any problems, life was so wonderful

One of the most beautiful memories of me in Yemen is university studies. I joined the Faculty of English Arts in 2006 and finished studies in 2010. During this period, I was studying in the same class with students from different countries such as China, India, Somalia, South Korea, Turkey, Malaysia, Iran, Djibouti Comoros, Indonesia, Pakistan, Iraq, Syria, Palestine and other countries.

예멘

사우디에서 태어난 예멘 사람 모하메드는 다섯 살에 아버지와 어머니의 고향 예멘으로 돌아간다. 돌아간 것이라고 해야하는지 처음 들어갔다고 해야하는지 모를 일이다. 모하메드는 예멘에서 행복한 어린 시절과 청소년 시절을 보냈고 대학을 졸업한 후 취직할 때까지 평화로웠다고 한다. 주변국들은 전쟁중이지만, 통일 신생국인 예멘의 평화는 중립을 유지하면서 참전을 거부한 결과였을까? 이 참전 거부로 사우디 아라비아와 껄끄러운 관계가 되었고, 주변 아랍 국가들의 충돌이 종교적 종파 문제와 겹쳐 예멘 내부의 종파 갈등이 또 다른 내전을 예고하는 상황이었을 터인데, 종파 갈등을 부추기며 내전을 준비하는 사람들과 달리 예멘의 보통사람들은 평범한 일상 속에서 평화를 찾고 있었던 것 같다.

모하메드는 2006년에 대학 영문학부에 입학하여 2010년 졸업할 때까의 대학생활을 가장 아름다웠던 추억으로 간직하고 있다고 한다. 중국, 인도, 소말리아, 한국, 터키, 말레이시아, 이란, 코모로, 인도네시아, 파키스탄, 이라크, 시리아, 팔레스틴 등 여러 나라에서 온 유학생들과 함께 공부할 수 있었다는 것이, 출신이 다른 친구들과 예멘에서 함께 공부하는 평화로운 대학 시절을 보낼 수 있었다는 것이 모하메드 인생에 가장 큰 행복이었던 것이다.

나도 모하메드처럼 영문학을 전공했지만 그때는 모하메드가 막 태어나 사우디 아라비아에서 살고 있을 때이고, 모하메드가 대학생이었을 때 나는 제주대학교 대학원에서 사회학을 공부하고 있었다. 대학에서 공부하는 시간이 가장 행복했었다는 모하메드의 말에 크게 공감한다. 지금도 대학에서 가르치며 공부하고 있는 나는 이 행복을 위해 대학에 계속 남아있는 것일지도 모른다.

After graduating from university, I worked as a government employee in the Ministry of Communications in the Department of Civil Aviation ((Yemen Airlines)), the national airline of the Republic of Yemen and some neighboring countries such as Djibouti and Comoros.

And this kind of work was considered an interesting thing for me, as I was starting to go to Sana'a International Airport every day from twelve o'clock at night until eight in the morning. I was meet people from all over the world, I meet languages, cultures, religions, customs and traditions different from us, I had a love to get to know about the others.

In addition to my government work, I started doing some of my own business, for example, I was working as a translator sometimes, or a tour guide. Because of the beautiful atmosphere of Yemen, many people liked to visit Yemen, or because of its beautiful nature, or because of its great history, or because of the religious sites in which there are many followers of different religions and religious sects, and some come to relax in the volcanic sulfur waters as a medical health nutritional tourism.

Because of the prosperity and the increase in sources of income, I entered the field of small restaurants and cafes, and I was also able to open cafeterias in private schools and universities, where I had one small restaurant, two cafes, and ten cafeterias in private schools and universities.

대학을 졸업한 모하메드는 바로 예멘의 국립 항공사인 예멘 항공사에 취직한다. 사나아 국제 공항에서 밤 12시부터 아침 8시까지 근무하면서 다양한 언어와 문화, 종교와 전통들을 만나게 되고 새로운 것을 알아간다는 것이 모하메드에게는 큰 즐거움이었던 것 같다. 주로 야간에 근무하였기 때문에, 낮에는 개인적인 사업을 시도해볼 수 있었다. 예멘을 찾은 관광객들을 위한 관광 가이드를 시작하였고, 예멘을 찾는 관광객들에게 아름답고 평화로운 예멘을 안내하면서 행복한 시간을 보내고 있었다.

자신의 고향을 누군가에게 소개한다는 것, 내 고향을 느끼기 위해 찾아온 관광객들에게 고향의 자연과 역사와 문화 그리고 고향 사람들의 평화와 행복을 설명해줄 수 있다는 것은 누구에게나 행복한 일임에 틀림없다. 관광의 즐거움은 관광이 단순한 소비가 아니라 현지인들과의 만남을 통하여 현지의 역사와 문화를 이해하는 생산적 활동이 될 수 있을 때에 맛볼 수 있는 것이다. 낯선 익명의 섬에서 내 멋대로 구는 방종은 진정한 관광지의 자유가 아니다.

제주에서 나고 자라 군 복무 3년과 5년여 대학원 생활을 제외하고 제주를 떠나 살아본 적이 없는 나 역시 제주를 떠나 있는 동안 제주로 여행하고 싶어하는 사람들에게 제주를 소개하고 알리는 일이 즐겁고 행복했었다. 제주로 돌아온 이후에도 제주를 찾아오는 사람들을 직접 이곳 저곳 안내하며 제주를 자랑하곤 했었다. 그런데, 지금 제주의 관광은 그런 행복이 점점 사라져가는 것 같아 아쉬운 마음이다. 제주를 알고 싶어하는 경우보다 제주는 관광지이니 그저 소비하고 즐기며 익명의 방종을 누리고 싶어하는 경우가 점점 많아지고 있기 때문이다.

관광이 또 다른 수입원인 것은 분명하다. 모하메드의 경우, 안정적인 직장 생활인 예멘 항공의 업무는 야간에 이루어졌고, 낮에는 관광으로 인한 수입이 추가되었기에 여유 자본으로 요식업도 경영할 수 있었다. 작은 레스토랑 하나와 두 개의 카페 그리고 열 군데의 학교 매점을 운영하기에 이르렀다.

Because of these conditions, I took a long time to search, almost five years from 2010 to 2015. One day when I was coming home from work, I was going up the stairs of the house when our house was on the third floor, suddenly I smelled very delicious food, I proceeded to go home.

When I returned home, I could not forget the smell of delicious food that came from the house on the first floor (the house of Mr. Hassan), I loved that smell of food because it reminded me of the food of my mother, who passed away in 2003.

At that moment, I started talking to my father, telling him that the smell of food in our neighbor's house was very pleasant, and it seemed that it tasted delicious.

I think that his wife is very skilled in cooking, at that moment my father replied and said Mr. Hassan's wife cannot cook now because of her health condition, as she suffers from pain in her heart that prevents her from practicing cooking, at that moment I asked him and who cooks delicious food for them Because in Mr. Hassan's house, he, his wife, and his male children only.

My father said Rehan is the daughter of Mr. Hassan, I asked him and is there a daughter with Mr. Hassan? he answered yes, she is a beautiful young lady named Rehan and she is also educated, calm, intelligent, taking care of herself, can cook, likes cleanliness, a nice, and rank.

일에서 행복을 찾는 듯 정신없이 사업을 확장하던 모하메드에게 어느날 문득 사랑이 찾아왔다. 3층에 있는 모하메드의 집으로 올라가는 동안 1층에 있는 이웃집 핫산씨의 집에서 흘러나오는 음식 냄새를 맡게 된 것이다. 10여년 전에 세상을 떠난 어머니의 음식 냄새를 떠올리게 하는 핫산씨네 집에서 나오던 향긋한 음식 냄새는 집에 돌아온 후에도 잊을 수가 없었다.

핫산씨의 아내가 요리를 아주 잘하나봐요.
음식 냄새가 너무 향기롭지 않아요?
돌아가신 어머니가 요리할 때 그 향기를 맡으며 행복했었는데,
꼭 그 때 그 향기 같아요.
핫산씨의 부인이 요리를 참 잘하시나 봐요.

핫산씨의 부인이 요리하는 게 아닐게다.
건강이 안좋아졌어.
요리를 직접 하게 되면 심장에 통증이 올 정도라더라.

아니 그럼 도대체 누가?
핫산씨에겐 아들들밖에 없지 않나요?

딸이 하나 있지. 이름이 레한인데, ...

At that moment, I realized and knew that Rehan was the girl I was looking for as a wife for me. I had never seen her before and had not met her, but all those I asked about were saying that she is one of the best women, here I said to myself, I search for a wife for five years and she is in the first floor of the building in which I live.

We (Me and Rehan) met each other, we felt in loved, we got engaged, and a month later, the marriage took place.

The marriage took place on 1 January 2015. We had a big wedding ceremony, and I bought her a lot of gold, because it is from Yemeni customs and traditions that about marriage, the husband must give his wife something precious, and because I was in a very excellent financial condition, I bought a lot of Gold for my wife as a gift for her, and we lived the first three months of our lives in the most wonderful and best moments of our life until March 21, 2015 something happened that changed the course of our quiet life.

이웃에 살면서 존재조차 모르던 한 여인이 모하메드의 마음을 뒤흔들어 놓았다. 얼굴도 모르지만, 그 요리를 정작 맛보지도 않았으면서, 레한의음식 향기는 모하메드의 몸을 이미 붙잡아 놓았다.

내가 찾고 있던 나의 아내가 바로 우리 집 아래층에 살고 있었다니.

이제 여유를 가지고 가정을 꾸려야지 하면서 5년 동안 신부를 찾고 있었는데 그토록 찾아 헤매던 나의 신부가 내 곁에 계속 있었던 것을 왜 몰랐을까? 만나지 않을 이유가 없었다.

만나자 마자 사랑에 빠진 두 사람은 한 달 만에 결혼을 하게 되었다고 한다. 모하메드의 사랑 이야기는 사실 잘 이해가 가지 않는다. 어떻게 음식 향기 하나로, 아무리 아버지가 그녀의 매력에 대해 설명해주었다고 하지만 만나보지도 않고 나의 신부를 찾았다며 찾아가 만나고 서로 사랑하고 한 달 만에 결혼식을 올릴 수 있을까?

2015년 1월 1일. 결혼식장에서 모하메드는 신부에게 많은 금을 선물하였다고 한다. 예멘의 풍습에 따르면 신랑은 신부에게 값진 무엇인가를 주어야 하는데, 재정상태가 여유로웠던 모하메드가 금값을 아낄 이유는 없었다. 아마 모하메드는 자신의 신부 레한에게 금 반지와 금 목걸이 정도가 아닌 금 덩어리를 선물로 주었던 것 같다.

이 모든 일이 알 수 없는 미래에 대한 의도치 않은 준비였던 것일까? 모하메드와 레한의 평화롭고 행복한 신혼생활은 백 일 아니 석 달도 채우지 못하였다. 2015년 3월 21일 모든 것이 변하고 말았다.

Arab Spring, Revolutions

The revolutions of the Arab peoples against their dictatorial rulers, against their corruption, against taking the rights of the people without any right, until most peoples suffer from poverty and hunger, and health, educational and social care has decreased, as happened in countries such as Tunisia, Egypt, Bahrain, Libya, Syria, Lebanon, Sudan, Iraq. It also happened in Yemen at the beginning of 2011 and the people demanded the exit of former President Ali Abdullah Saleh from the presidency of the Republic of Yemen and from this moment the tensions began.

But it was like a cold civil war in Yemen, and because of this revolution, the former president, Ali Abdullah Saleh, was forced to leave the presidential house, and his deputy, Abd Rabbo Mansour Hadi, was appointed as the interim president of Yemen.

In the period of the Yemeni people's revolution against former President Ali Abdullah Saleh, the (Houthi group) a Yemeni Shiia'a religious group joined into the revolution of the Yemeni people, and this group was suffering from the total marginalization of the governments of Ali Abdullah Saleh for many reasons, including that they wanted to return the monarchy to Yemen, as they They were among the ruling families of Yemen before the revolution of the Yemeni people in 1962, the overthrow of the monarchy and the transformation of Yemen into a democratic republic.

아랍의 봄, 혁명

　독재와 부패에 대해 저항하며 인권을 세우고 빈곤 문제와 건강 및 교육에 대한 사회보장체계를 요구하는 아랍의 혁명들이 튀니지, 이집트, 바레인, 리비아, 시리아, 레바논, 수단, 이라크 등지를 거쳐 예멘에 이르렀다. 예멘에서는 2011년에 이러한 혁명의 물결이 시작되었고 알리 압둘라 살레 대통령의 퇴진을 요구하는 시위가 계속되었다. 그의 대리인격인 압드라보 만수르 하디가 대통령 권한 대행을 맡고 2012년에 단독 후보로 대통령에 선출되었다.

　혁명의 시기에 예멘 시아파 종교 집단의 후티 세력은 예멘 민중들의 혁명에 합류하였다. 알리 압둘라 살레의 독재로 피해를 보았다는 공통점이 있었기 때문이다. 하지만 양자의 목적은 달랐다. 후티는 군주제를 민주공화제로 변환시켰던 1962년의 예멘 혁명 이전으로 돌아가 자신들의 지배력을 회복하고 군주제를 확립하기를 원했던 것이다.

　공동의 적에 대항하기 위한 세력 연합은 위험한 일이지만 불가피한 일이기도 했을 것이다. 2011년 예멘의 상황은 현재에 맞서 과거와 미래가 힘을 합쳐 싸운 것처럼 보인다. 사회 변동의 시기에 현재의 정치권력에게는 변동을 미래로 추진해나가야 할 사명이 주어진다. 하지만 사욕에 눈이 멀어 자신에게 맡겨진 정치권력을 사적으로 활용할 때, 반동이라는 급류에 휩쓸려 상황은 악화되기 마련이다.

　알리 압둘라 살레와 압드라보 만수르 하디는 혁명을 담보로 권력을 잡았으나 자신에게 주어진 책무를 방기하여 예멘을 혼란으로 밀어넣은 무책임한 정치가로 역사에 기록될 것이다. 이는 예멘에만 국한된 문제가 아니다. 선거민주주의사회에서 혁명은 선거때마다 반복될 터이나, 선출된 정치권력이라 할지라도 사리와 사욕에 기울어질 때 사회의 혼란은 불가피해진다.

With the passage of time, from the beginning of 2011 to the beginning of 2015, the Yemeni people allowed the Houthi group to join the popular revolution, but suddenly large groups emerged from the caves of the high mountains of the city (Saada), which is the headquarters of the Houthi group, in order to control the political capital of Yemen (Sana'a) and thus control the reins of government in Yemen.

All other groups in the people rejected the presence of the Houthi group in this way, which was similar to (predatory animals that came out of their cages after staying for a long time without eating in cages until they became hungry and started eating anything in front of them).

And because of the superiority of the Houthi group in arms, strength and money, because Iran was supporting them for the purposes of spreading the Shiia'a sect, which consists of 30% of the population of the Yemeni people over the 70% of the population of the Yemeni people who follow the Sunni sect.

And in fact they had that, because the power was in their hands, so they took control of Sanaa, the political capital of Yemen, and took control of nearly 70% of the Yemeni cities, as well as the escape of the interim president of Yemen, Abd Rabbo Mansour Hadi to (Aden), the economic capital of Yemen. At these moments, the last president's support Ali Abdullah Saleh and his supporters, helped the Houthi group to take control of all of Yemen, as well as Aden, the economic capital of Yemen, as well as the arrest of the interim president, Abd Rabbo Mansour Hadi.

2011년 초부터 2015년 초까지 예멘 민중들은 후티 세력의 연합에 동의하였으나, 후티 세력 사령부라고 할 수 있는 사다에 대규모 후티 세력이 주둔하면서 예멘의 정치적 수도인 사나를 통제하고 예멘의 정권을 장악하려고 시도하면서부터 균열이 생기기 시작하였다. 대다수의 예멘 민중들은 후티 세력이 마치 굶주린 맹수처럼 이런 식으로 등장하는 것을 마땅치않게 생각하였지만, 군대와 세력과 자본에서 후티 세력은 이미 우위에 있었다. 게다가 70%의 수니파와 30%의 시아파로 구성되어있는 예멘에서 시아파의 확장을 원하는 이란이 후티를 지원하고 있었다. 결국 후티 세력은 사나에 대한 통제력을 확보했고 예멘의 거의 70%에 달하는 도시들을 장악하게 되었다. 대통령 권한 대행인 압드라보 만수르 하디가 예멘의 경제적 수도인 아덴으로 탈출하였다.

전 대통령 알리 압둘라 살레가 정치력을 회복할 목적으로 후티 세력을 도와 압드라보 만수르 하디를 제거하는 일에 협력하였는데 자신의 30년 독재를 무너뜨렸던 민중 혁명에 대한 보복이 그 목적이었을 것이다. 압드라보 만수르 하디는 사우디 아라비아로 탈출하여 자신을 지지하고 지원해줄 것을 요청하였고 사우디 아라비아 왕국은 요청에 응답하였다. 사우디 아라비아의 지원은 열 두 아랍 이슬람 국가들의 동맹과 서방국가들의 지원까지 연결된다. 이들은 예멘 통치의 정당성을 확보한다는 명분으로 예멘에 들어가 전쟁을 소비하였다.

평화로운 예멘은 이렇게 내전에 휩싸였다. 후티를 지원하는 이란과 하디를 지원하는 사우디 아라비아는 각각 시아파와 수니파의 종교적 결사를 호소하며 예멘에서 서로의 이익을 다투고 있는 것이다. 예멘 사람들은 정치적 종교적 무력 충돌 사이에서 죽음의 시간을 보내고 있다.

And all this for the purpose of revenge against the people and their revolution that overthrew the 30-year rule of Ali Abdullah Saleh

The Yemeni interim president, Abd Rabbo Mansour Hadi, managed to escape to Saudi Arabia and there was a request for their help in interfering in Yemen and expelling the Houthi group, as well as Ali Abdullah Saleh and his supporters from the political capital, Sanaa, and the economic capital, Aden

The Kingdom of Saudi Arabia agreed to this, and the mobilization of an alliance consisting of 12 Arab, Islamic and international countries, and the support of major countries, as well as Western countries, made it enter Yemen and wage war against it legally under the name (Restore the legitimacy of the rule to Yemen).

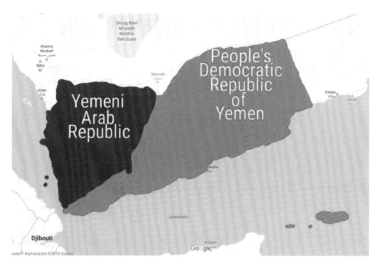

통일 이전 분단 상태의 예멘 (https://namu.wiki)

2021년 11월 예멘 통치 세력 구도 (https://namu.wiki)

녹색 : 후티 세력
적색 : 하디 세력
황색 : 남부과도위원회 세력

The beginning of the war on Yemen

From 2011 to 2015, I was suffering from the deteriorating political, economic and social conditions in Yemen, there was a narrowing of livelihood, and I lost a lot of my own business and had to close it. Many things became available, and if they were available, it would be at a very high price.

But we were resisting and persevering and trying to go on with our normal lives, especially since we were forming a new family, me and my wife, Rehan, who had not been married for the third month.

And on March 21, 2015, which coincided with my thirtieth birthday, and after my birthday party ended, I prepared to go to my daily work at Sana'a International Airport at the Yemen Airways office, and work was supposed to start 12am to 8am, I was supposed to receive three flights

A flight arrives from Mumbai, India, at 1 a.m., a flight from Cairo, Egypt, arrives at 2 a.m., and a flight from Amman, Jordan, arrives at 3 a.m.

And all of these flights were carrying patients who had returned from treatment periods spent in those countries, or university students, etc.

There was an airport belonging to the Yemeni Air Force, approximately 2 km from the site of the civilian airport where we are located.

예멘 전쟁의 시작

2011년부터 2015년까지 모하메드는 상당한 격변기를 겪었던 것 같다. 취업을 하고 동시에 자신만의 사업을 시작하고 확장하고, 그러다 예멘의 정치적 경제적 사회적 조건이 악화되면서 사업이 축소되고 폐업에 이르는 상승과 하강을 모두 경험하고 있었다. 물론 사업을 유지하는 것은 가능한 일이었지만 그러려면 상당한 비용을 감수해야 하는 상황이었다.

일상생활을 유지하려면 이 모든 어려운 상황을 극복하며 견뎌내야만 했다. 무엇보다 2015년 1월에 결혼한 상태였고 새로운 가정을 꾸리기 위해서는 버텨내야 하는 일이었다.

2015년 3월 21일, 모하메드는 서른 번째 생일 축하 파티를 마치고나서 여느 때처럼 야간 근무를 위해 사나 국제공항에서 업무 준비를 하고 있었다. 자정부터 아침 8시까지가 모하메드의 근무 시간이었고, 그날 세 대의 비행기가 도착하기로 예정되어 있었다. 인도의 뭄바이를 출발한 항공기가 1시에, 이집트의 카이로발 항공기는 2시에, 요르단의 암만발 항공기는 3시에 착륙한다. 이들 항공기의 승객들에는 고국에서 치료기간을 가지고 돌아오는 환자들과 유학생 등이 포함되어 있었다.

예멘 국제공항에서 약 2km 떨어진 곳에 예멘 공군 소속 비행장이 있었는데, 갑자기 어떤 경고도 없이, 그 고요한 밤에 수많은 전투기들이 예멘 공군 비행장을 공습하였고, 군 공항과 그곳에 있던 전투기들이 파괴되었다. 공습을 감행한 전투기들은 바로 후티 세력의 통제 아래에 있는 예멘의 정치적 수도 사나의 여러 지역들을 공격하기 위해 산개하였다.

모하메드를 비롯한 공항 직원들과 여행객들은 놀라움과 두려움에 떨어야 했다. 첫 폭격이 시작된 지역은 불과 2km 거리였다. 모하메드는 군공항의 폭발 충격으로 민간공항인 예멘 국제공항의 유리문들과 창들이 완전히 박살났던 것을 생생히 기억하고 있다.

Suddenly, without any warning, on that quiet night, many warplanes attack the airport of the Yemeni Air Force, destroying the airport and all the warplanes in it.

After that, the warplanes moved to attack many other scattered sites in (Sana'a), the political capital of Yemen, which is controlled by the Houthi group.

I and the rest of the people, whether they were employees or travelers, were very surprised and afraid, especially because we were very close to the site of the first bombing, and I remember very well that all the windows and glass doors belonging to the civil airport were completely destroyed by the force of the bombing.

SANA'A City alarms were triggered, and airport alarms were triggered too . All departing flights were canceled and all arriving flights were transferred to Aden International Airport in Aden, the economic capital of Yemen, and the officers told us that we must leave Sana'a International Airport as soon as possible and by any Possible way as the country has become in so big danger.

At that moment, I knew that the situation was very bad and would become worse than that. I decided to escape from the airport and save myself. All transportation from the airport was very full.

나는 전장을 경험한 적이 없다. 포병 장교로 복무하던 때에 6km 정도 거리에서 포탄이 떨어지는 것을 관측했던 것이 폭음을 경험한 전부이다. 포병대대의 훈련 중에는 포대(보병의 중대)들이 서로 다른 위치에 주둔한 채로 동시에 하나의 표적에 포격하는 TOT(Time On Target)를 훈련하는 경우가 있다. 관측 장교는 표적 지근거리의 고지에서 포가 떨어지는 위치를 육안으로 조정하는 역할을 수행하는데, 조정 횟수가 적을수록 실력이 뛰어난 관측장교로 인정받는다. 대대TOT는 포대별 첫 발 포격 이후 초를 다투는 시급함으로 가장 신속하게 단 한 번의 조정으로 포격하게 된다. 대대TOT는 총 18대의 포가 포대별로 시간을 달리하여 발사한 후 동시에 표적에 포격하게 되는데, 그 폭발음의 충격은 6km 거리에서도 귀가 멍멍해질 정도였다.

모하메드가 2km 거리의 공군전투기 폭격을 경험했을 때의 충격이 어떠했을지 짐작할 수는 없다. 상상만으로도 끔찍하다. 이 폭격이 시작인 건지 끝인 건지 언제 머리 위로 포탄이 떨어질지 시내의 가족들과 갓 결혼한 신부는 무사한지 이 현장에서 어떻게 빠져나갈 것인지 근무시간을 채워 아침까지 일을 봐야 하는지 지금 자리를 떠야하는 것인지. 온갖 상념에 몸보다 머리가 터져버릴 것만 같았을 것이다.

나라면 그 상황에서 어떻게 했을까? 생각조차 부질없는 일이다. 나는 지금 2022년 제주의 시점에서 2015년 예멘을 상상하고 있으니. 현장에서는 머리보다 몸이 먼저 움직여야 했을 것이고 또 그러하였을 것이다.

사나 시의 경보와 공항의 경보가 시작점이었다. 모든 항공기의 이륙이 취소되었고, 예멘의 경제적 수도인 아덴 국제 공항에서 출발한 도착편 항공기도 회항하였다. 가능한 한 빨리 모든 가용한 수단과 경로를 활용해서 사나 국제 공항을 떠나라는 지시가 내려졌다. 지역 전체가 큰 위험에 처해졌다.

모하메드는 상황이 매우 좋지 않다는 것과 현재보다 미래가 더 악화될 것이라는 것을 알게 되었다. 공항에서 탈출하여 목숨을 부지해야 한다고 결론을 내렸다. 하지만 모든 교통수단은 이미 포화상태였다.

I managed to escape by helping someone who had a motorbike, and as we moved from the airport to the house on the way I saw the destruction in the airport of the Yemeni air force, the fire was rising from the airport, the planes and the fuel tank The view was like hell, here my mind stopped thinking completely.

I was talking to myself like a madman and telling its what would happen to my country, my city, my family, to myself, to our work to our future, what was happening and why, no one knew anything, because the electricity was cut off from the city and we were in complete darkness, and all that appeared to us was the fires of the destroyed areas .

I was very worried about my family and my family was also very worried about me,

I arrived home and everyone was afraid. We spent that night praying to God to protect us.

The next morning, we knew that a war was being waged by the Kingdom of Saudi Arabia and its allies against the criminal Houthi group, which controlled by force many areas in Yemen. We thought that this war for a week or two would be finished, because there is an alliance of the Kingdom of Saudi Arabia and its allies of approximately 12 countries with regional and international strength and support against the criminal Houthi group, whose strength is very small compared to the strength of the Kingdom of Saudi Arabia and its allies.

But with the passage of days, weeks and months, we discovered that this war is not a small or simple war, but rather has become an internal civil war and a war from regional external parties.

다행히도 오토바이를 타고 지나가던 누군가의 도움으로 공항 탈출에는 성공하였다. 공항을 빠져나와 집으로 가는 도중에 파괴된 예멘 공군 기지가 보였다. 공항에서부터 불이 번져나오고 있었다. 전투기와 연료 탱크들이 불길에 휩싸여 있었다. 마치 지옥과도 같은 그 장면은 모하메드의 뇌리에서 아직도 지워지지 않고 있다. 그 때 그 장면이 떠오르면 아무 생각도 할 수 없고 그 지옥의 불길만 머릿속에 가득할 뿐이다.

모하메드는 미친 사람처럼 중얼거리고 있었다. 어떻게 이런 일이 우리 나라 우리 동네에서 벌어질 수 있지? 어떻게 우리 가족, 내 자신에게 이런 일이? 직장과 미래는 어떻게? 대체 왜? 아무도 아무것도 알 수 없는 이런 일이? 전기도 끊겼고, 질흙같은 어둠 속에서 파괴된 지역만이 우리 앞에 나타나고 있는 길을 달리고 있었기에 무사히 집에 도착할 수 있을지 어떤 위험이 가로막을지 막막하기만 하였다. 가족들이 걱정되었다. 가족들은 나를 걱정하고 있을 것이다. 무사히 집에 도착하였을 때 모두가 두려움에 떨고 있었다. 밤새 우리를 보호해달라고 신께 기도하는 것 외에 다른 아무것도 할 수 없었다.

다음 날 아침에 되었을 때에야 사우디 아라비아 왕국과 그 동맹들이 예멘의 여러 지역을 무력으로 통제하고 있는 후티 세력에 대항하여 전쟁을 일으켰다는 것을 알게 되었다. 길어야 보름 정도면 전쟁이 끝날 것이라고, 사우디 아라비아 왕국이 12개국에 달하는 동맹국들의 협력을 끌어냈으니 열세인 후티 세력을 대상으로 하는 전쟁상황은 오래가지 않고 종식될 것이라고 생각했다. 하지만 날이 가고 달이 가고 시간이 흘러가면서 알게 되었다. 이 전쟁은 소규모 전투도 단순한 전쟁도 아니었다. 이미 내전이었고, 국제 파벌 싸움의 대리전이 되어가고 있었다.

2015년 3월, 2014년 7월에 돌아가신 어머니를 매일 꿈에서 만나며 산소를 찾던 때였다. 예멘의 소식과 뉴스를 들었겠지만, 별다른 신경을 쓰지 않고 먼 나라 남의 이야기로 흘려보내며 나의 슬픔에만 잠겨있었다. 나와는 상관없는 일이라고 생각했었다. 그런데 내가 7년 전에 외면했던 그 전장에서 살아남은 모하메드가 지금 내 곁에 나의 이웃으로 다가왔다. 어디의 전쟁이든 누구의 전쟁이든 나와 무관하지 않다.

We became like football on the field.

The playing field is those countries that fight among themselves, such as Saudi Arabia, they cannot fight Iran face to face, but they fight in my country, and like America and Europe, they cannot fight Russia, China and others face to face, but they fight in my country, and like the Shiia'a fight the Sunnis they cannot fight face to face But they are at war in my country, and my country become as football.

I was living with my family in Sana'a city in the area of Jabal Naqm, Jabal Naqm is a very large mountain overlooking Sana'a city, at its top there is a camp, and there are also many caves that were used as stores for weapons and ammunition.

Because of that, the warplanes came and attacked the mountain all the time, which made staying in our house in the Jabal Naqm area a big danger to us, and frankly, Sana'a became a dangerous area for everyone who lived in it, and there was also another problem, which is that some people come to our house all the time. From the Houthi group, and they ask my father to allow his sons to be taken for forced conscription in order to carry out their duty to defend the homeland.

경기장의 축구공 같은 신세

축구경기장은 서로 싸우고 있는 나라들이다. 사우디 아라비아는 이란과 대놓고 직접 싸울 수가 없다. 그들은 모하메드의 나라에서 싸운다. 미국과 유럽도 러시아나 중국과 직접 싸울 수가 없다. 하지만 그들도 모하메드의 나라에서는 서로 전쟁 중이다. 모하메드의 나라는 축구공이 되고 말았다.

모하메드는 사나시에서 가족들과 함께 살고 있었다. 사나시가 내려다보이는 자발 나쿰산 꼭대기에는 무기고와 탄약고들이 있다. 한 두 개가 아니다.

전투기들이 항상 사나시를 지나 항상 그 산을 공격한다. 모하메드의 집은 바로 그 근처여서 큰 위협을 느꼈다고 한다. 사실 사나에 살고 있는 모든 사람들이 위험에 처한 것이고 사나 전체가 위험지역이 된 것이다. 또 다른 문제는 누군가가 항상 집에 들이닥친다는 점이다. 후티 세력들은 모하메드의 아버지에게 아들들을 징병에 응하게 하라고 요구한다. 그것이 가정을 지키는 길이라고 그것이 의무라고.

대한민국에는 병역의 의무가 있다. 어떤 이는 병역의 의무를 피하기 위해 나이 서른을 꽉 채우도록 학적을 유지하기도 하고, 어떤 이는 일찍 결혼하여 아이를 낳기도 한다. 하지만 그 어느 것도 병역 면제로 이어지지는 않는다. 유승준의 병역기피는 아직도 용서받지 못하고 있다. 한국 땅에서 군대는 가고 싶지 않지만 가야하는 그런 곳으로 인식되곤 한다. 하지만 전쟁 중이라면 이야기는 달라진다. 외적의 침입에 대항하여 일어난 의병들의 역사를 보더라도 외적의 침입에 대항한 자발적 입대는 오히려 자랑스러운 일일 것이다. 지키기 위한 것이니까. 지키지 못하면 어차피 죽게 되는 것이니까.

그러나 예멘의 전쟁과 모하메드의 경우는 이와 다르다.

And that always made us tense, me, my father and my brother, because we do not like fighting and war, and we never took up arms.

Because of our feelings of insecurity in terms of being in our home in Sana'a due to the repeated attacks by the warplanes of the Saudi-led coalition, which bomb indiscriminately daily, as well as because of the constant threat from the Houthi group to take us for conscription, we decided to flee Sanaa and head to Hodeidah city because it is our father's city and we have another house too.

We fled to the city of Al-Hodeidah, and the situation was exactly like Sana'a. There was no safety. Then we went to the city of Taiz, where my wife's family was, and the conditions were worse than Al-Hodeidah. Because of that, we returned to Al-Hodeidah and it was a right decision because the house of my wife's family in the city of Taiz was bombed.

The situation worsened in Yemen, an air, sea and land blockade, because of which livelihoods in Yemen deteriorated, as nothing is available in Yemen, there is no electricity, there is no water for drinking or for other uses, food is not available, and if it is available, it is at high prices.

끊임없이 찾아오는 후티 세력들의 징병 요구 때문에 모하메드의 아버지와 형제들은 견딜 수가 없었다. 전쟁을 원치 않았기 때문이다. 무엇보다 손에 무기를 든다는 것은 상상조차 하기 싫은 일이었다.

모하메드는 어쩌면 양심적 병역 거부자일지도 모르겠다. 하지만 더 분명한 것은 예멘에서 권력 다툼이 무력으로 전쟁으로 수행되고 있는 상황에서 권력 투쟁의 주체인 사람들과는 다르게 권력 투쟁에 관심이 없이 평범하게 살기 원하는 모하메드와 같은 대다수 사람들로서는 권력 투쟁의 현장인 전쟁터에 뛰어들 이유 자체가 없는 것이다. 권력 투쟁이 투표로 이루어진다면 응당 기꺼이 투표소로 가겠지만, 투표가 아닌 전쟁으로 이루어진다면 전쟁은 전쟁을 하려는 이들의 전쟁일 뿐이다. 평범한 사람들은 전쟁의 피해를 모면하기 위해 몸을 숨기는 수밖에 없다.

모하메드의 가족들은 사나에서 안전을 기대할 수 없는 상황이었다. 사나시가 사우디가 이끄는 연합군의 전투기에 반복적으로 공격을 당하고 있기 때문이다. 매일 무차별적인 폭격이 발생했다. 후티 세력의 끊임없는 입대 요구도 무시하고 있을 수만은 없는 위협이었다. 모하메드의 가족들은 모하메드의 아버지가 태어난 고향인 호데이다시로 피난길을 떠나기로 했다. 호데이다에도 모하메드 아버지의 집이 있었다.
호데이다로 피난을 갔지만 호데이다의 상황도 사나와 다를 바 없었다. 안정한 곳은 어디에도 없었다. 모하메드의 장인이 피난해 있는 타이즈시로 옮겼지만 타이즈의 상황은 호데이다보다 더 나빴다. 다시 호데이다로 돌아갈 수밖에 없었다.
예멘 전체의 상황이 점점 나빠져서 하늘, 바다, 육지의 모든 길이 봉쇄되고 예멘에서의 생활은 악화일로였다. 할 수 있는 것이 아무것도 없었다. 전기도 마실 물도 생필품도 음식조차 가능하지 않았다. 구하기엔 너무 비싼 것들이 되고 말았다.

Because of the war, electricity, water, gas, oil, diesel, internet and telephone services were cut off. The means of transportation, hospitals, schools, universities, companies, factories and businesses in the public and private sectors have stopped working permanently.

After six months of these bad conditions, which were getting worse, and after the Houthi group's threats against us, and frankly that we will be forced to conscription, I decided to take my wife, father, brother and sisters to a safe area, which is our village on the outskirts of Hodeidah city, where It is located under a large mountain and that area is a remote area that no one searches for or fights over there.

After that, I decided to escape from Yemen, and if my father and brother were found, no one would be able to take my brother by force for conscription, as my father is old and has many chronic diseases, so my brother is the only one how can take care of my father, my wife and my sisters.

전기, 물, 연료, 인터넷, 전화 서비스 등이 끊겼다. 교통수단, 병원, 학교, 회사, 공장 등은 공공부문이든 사적 영역이든 모두 멈추었다.

6개월의 악조건을 견디고 난 후, 앞으로도 더 나빠질 것이기에, 후티 세력의 위협은 어디에서나 계속되고 있었기에, 솔직한 마음으로는 강제징집을 당하고 싶지도 않았기에, 모하메드는 아내와 아버지와 형제자매들을 데리고 안전 지대를 찾기로 하였다. 호데이다시 외곽에 있는 마을로 떠났다. 산 속에 있어 외부와 떨어져 있는 곳이라 사람들이 찾지 않는 곳이었고 전쟁의 위험도 지나갈 수 있을 것 같은 그런 곳이었다.

그리고 모하메드는 예멘을 탈출하기로 결심하였다. 만에 하나 아버지와 형제들이 결국 적발되고 형들이 강제징집을 당하게 되면, 연로하신 아버지가 가족들을 부양할 수 없다고 판단했기 때문이다. 모하메드는 아내와 자매들을 돌보기 위해서라도 살아남아야 했고, 생존을 위한 예멘 탈출 여정을 결심하게 되었다.

모하메드 가족의 피난 경로

사나 → 호데이다 → 타이즈 → 호데이다 → 호데이다 외곽 산지

My escape from Yemen

Because of the war in Yemen, I had lost all my money and property, closed all my private businesses, lost my job and everything, and I did not have anything, even the issue of my escape from Yemen was difficult, because my financial conditions became zero.

In that moments my wife came and gave me a part of that gold that I bought for her as a gift on the day of our marriage and she told me (to dispose of it at the present time to escape from Yemen and if there is a shortage, l will send you the value of the rest in order to complete your escape from Yemen and reach my safety).

I took the gold from her even though I did not want to take it because it is considered a shame for me to take something from my wife's property, but the need for that I took it because I had no other solution

From here my escape adventure from my beloved country Yemen began, and I began to make plans to escape from Yemen because it was difficult to escape, especially that I had to pass through areas controlled by the Houthis and areas controlled by the legitimate government in Yemen.

모하메드의 예멘 탈출

 모하메드는 전쟁으로 모든 현금과 자산을 잃은 상태이다. 개인 사업도 모두 문을 닫았고 직장도 더 이상 다닐 수 없었고 모든 것을 잃고 말았다. 할 수 있는 것도 없었다. 재정 상태가 제로가 되었기에 예멘을 탈출하는 일도 쉽지 않은 일이었다. 막막한 순간 모하메드의 아내가 금덩어리를 건네주었다. 결혼 예물로 사주었던 것이다. 지금이 예멘을 탈출해야 할 바로 그 시점이니 부족한 자금에 보태라며 당신의 탈출이 나의 안전이라는 말을 덧붙였다. 모하메드는 자신이 예물로 준 것이고 그것은 아내의 재산이었기에 그걸 돌려받는다는 것이 염치없는 일이라고 생각했지만 다른 선택지가 없었기에 아내가 건네는 금을 받아들었다.

 예물은 재정이 악화되는 시기에 적절한 대비책이 되기도 한다. 한국에서는 아이가 태어나서 첫 돌이 되면 돌반지를 선물로 주는 풍습이 있다. 분명히 축하하러 오는 사람들은 아이에게 돌반지를 끼워주지만 아이가 성장하여 독립할 때까지 돌반지가 남아있는 경우는 흔치 않다. 아이의 것이지만 가정 형편이 어려워졌을 때 부모는 아이의 돌반지를 팔아 해결하곤 한다. 아이에게 선물로 준 돌반지는 부모에게 부조하는 것이라고 생각하기에 선물로 준 사람도 선물받은 돌반지의 주인인 아이도 아무 불만을 제시하지 않는다. 하지만 결혼 예물의 경우 사정이 좀 달라진다. 이혼한다 하더라도 결혼 예물을 돌려달라고 하진 않는다.

 이제 모하메드는 사랑하는 예멘을 떠나는 탈출의 모험을 시작해야 한다. 후티 세력 통제지역과 정부군 통제지역을 모두 통과해야 한다. 치밀한 계획이 필요하다.

I started moving from the village with a transport vehicle that transported livestock to Al-Hudaydah (I was sitting next to the sheep and goats), and then moved to Sana'a by transport bus.

After Sana'a, I moved to Ma'rib with another bus, but we were stopped in the Nihm area for inspection and investigation. Of course, this was not the first time for me that I was stopped many times before, but this time was different than all those times. This time the inspection was very thorough by the Houthi group, and they were getting off. Anyone between 12 and 50 years old.

Especially the young males who do not have any convincing reason to tell the Houthi group because of their travel. The Houthi group used to tell the male youths to get off the bus and go back to Sanaa on foot, as a punishment for you because you want to escape from your homeland and do not want to take up arms and fight Saudi Arabia swears or you want to join the Saudi army and fight us and your country. This is what the Houthi group says to the male youth, and this is how the Houthi group thought. By the way, the thinking of the Houthi group was correct because none of the youth wanted to take up arms and fight in this absurd civil war.

Everyone was thinking of a way to escape in order to protect themselves and be in a safe place, that was just everyone's dream.

모하메드는 움직이기 시작했다. 마을에서 후다야까지는 가축을 운송하는 수레를 이용했다. 양들과 염소들 뒤에 앉아서 이동할 수 있었다. 사나까지는 버스를 이용했다.

사나를 지나 마리브까지 버스를 갈아탔지만 님 지역에서 멈춰서야 했다. 검문이었다. 이동하면서 검문을 받은 적이 한두번이 아니지만 이번 검문은 꽤 까다로웠다. 후티 세력의 검문이었기 때문이고 12살에서 50살 사이의 모든 사람은 하차해야 했다.

특히 후티 세력들에게 왜 여행하고 있는지 납득할만한 이유를 설명할 수 없는 젊은 남성들은 통과가 거부되었다. 후티 세력들은 남성 젊은이들에게 차에서 내려 사나시까지 걸어서 돌아갈 것을 명령하곤 했다. 일종의 처벌이었다. 징병에 응하지 않고 군대에 합류하지 않고 사우디 아라비아와 싸우지 않고 탈출한다는 것은 사우디 군대로 가서 후티와 싸우고 조국과 싸우겠다는 의도가 아니냐는 것이다. 후티들의 이러한 생각은 사실 맞는 말이긴 하다. 젊은이들 중 어느 누구도 이 터무니없는 전쟁에서 무기를 들고 싸우는 것을 원하지 않았기 때문이다.

모든 사람이 자신을 보호하기 위해 탈출할 길을 고민하고 있었다. 안전지대에 머무는 것 그것이 모든 사람들의 꿈이었다.

터무니없는 전쟁, 명분이 있는 전쟁이라면, 무기를 들고 싸우는 것이 옳겠지만, 이 전쟁은 그야말로 터무니없는 전쟁이다. 어떻게든 전쟁의 현장을 피해 목숨을 부지하는 것이 옳은 선택이다. 모하메드의 선택은 목숨을 부지하는 쪽이었다. 자신의 목숨을 부지하기 위해서만은 아니다. 이 전쟁이 언제 끝날지 모르지만 그 와중에 아내와 가족의 생계를 부양할 수 있는 노동을 하고 돈을 벌어 가족을 돌볼 수 있는 그런 곳으로 가야만 한다.

가족을 부양하기 위해 고향을 떠나는 것은 예멘의 모하메드나 한국의 이주노동자들이나 다르지 않다. 독일로 떠났던 간호사들, 사우디 아라비아로 떠났던 건설노동자들, 모두 가족을 부양하기 위한 것이었다. 다르다면 떠날 수 있느냐와 없느냐이다. 모하메드의 경우 떠날 수밖에 없는 상황이고 전쟁터를 뚫어야 하기에 쉽지 않은 여정이었을 것이다.

I was knew that we would be stopped at the Nihm checkpoint, be-cause such things and things like this done by the Houthi group all the time to provoke and blackmail citizens and restrict them as much as possible.

And because of that, when we were in Sana'a, and while we got on the bus, I found a very old man and his wife with him, and she was also very old, and that old man was traveling to the Sultanate of Oman for surgery to remove his cancerous leg. Then I asked him (Uncle). Is there a young man accompanying you and your wife to help you) He said to me (No, there is no one to help us, we are alone) Then I asked him (Can I help you and be by your side until you reach the hospital in the Sultanate of Oman) they said to me (Yes, of course, and we are thankful to you) Your cooperation with us) I told them (you are most welcome, but at every checkpoint I will tell the Houthi group that I am with my grandfather and grandmother, and you both say yes, he is our grandson so that I can go out and help you)

And we used to work like this at every Houthi checkpoint. Indeed, this plan always worked for me because I had an acceptable excuse and they could not return me to Sanaa because of my grandfather and grandmother, who are very old, and they are sick.

가능한 한 시민들을 자극하고 갈취하고 제지하려는 후티 세력들이 검문소마다 버스를 멈춰세울 것이라는 것을 모하메드는 이미 알고 있었다. 사나에서 버스에 탔을 때부터 버스에는 한 연로한 부부가 타고 있었다. 말을 주고받으며 오만의 술탄으로 여행하고 있는 중이라는 걸 알게 되었다. 연로한 그 남자는 다리의 암종양을 수술하러 가는 중이라고 하였다. 그의 부인이 동행하고 있었는데 그녀 역시 많이 늙어보였다.

- 삼촌, 혹시 여행을 돕기 위해 동행하고 있는 젊은 사람이 있나요?
- 웬걸, 우리를 도와줄 사람이 없어. 우리 뿐이야.
- 그러면 제가 도와드려도 될까요? 오만의 술탄까지 가신다고 하셨죠? 수술하신다는 그 병원까지 제가 부축해드리면서 모시고 갈게요. 그래도 괜찮을까요?
- 이런 고마울 데가 있나. 그러면 우리야 너무나도 좋지. 당신은 우리에게 협력자로 온 천사구만
- 아니예요, 제가 더 큰 은혜이지요. 아마 검문소마다 후티 세력들이 있을텐데, 제가 할아버지 할머니라고 얘기할테니 저를 손자라고 얘기해주세요. 그래야 제가 끝까지 모시고 갈 수 있어요.

실제로 그렇게 모하메드와 그 노부부는 함께 검문소를 통과할 수 있었다. 사나에 남아있는 모하메드의 할아버지와 할머니 역시 많이 연로하셨고 마찬가지로 병환 중에 있었다. 모하메드는 후티 세력이 그를 사나로 돌려보낼 수 없도록 그 노부부를 할아버지 할머니로 모시고 위기들을 모면할 수 있었다.

But there was another problem that always directed me, and it was written in my identity card and passport that I was born in the Kingdom of Saudi Arabia, and this angered the Houthi group, and because of that, I was getting some obstacles, and this resulted in a delay in all the following steps.

But I always justified and explained to the Houthi group that many Yemenis were born outside Yemen, even many people from the Houthi group and their leaders were born outside Yemen, and I am one of all those people who were born outside Yemen, and just because I was born in Saudi Arabia does not mean that I am Saudi or I support Saudi Arabia's war on Yemen, and I was always like this until the Houthis were convinced and allowed me to pass, and I was always very tired of convincing them because they were an uneducated group.

And after more than four hours of parking, all this that happened at the Nihm checkpoint, I was allowed to pass by the elderly, the sick and women, and I was the only young man who was allowed to pass that day as I am thirty years old, 25 young men were returned that day to walk back to Sana'a On foot, the bus moved with 25 other people whom I mentioned earlier, and they are the old, the sick, and women, and I am the only young man.

하지만 또 다른 문제가 있었다. 더 큰 문제였다. 모하메드의 신분증에는 모하메드의 출생지가 사우디 아라비아 왕국이라고 적혀있었다. 이 사실이 후티들을 자극하였다. 매번 제지를 당하였고 여행을 지체시켰다. 그때마다 모하메드는 후티들에게 설명을 시도했다.

- 많은 예멘 사람들이 예멘 바깥에서 태어나지 않나요? 후티 세력들 중에 서도 마찬가지로 그렇지 않나요? 지도자들조차 예멘 바깥에서 태어났지 않나요? 예, 저도 그 중 한 사람일 뿐이예요. 예멘 밖에서 태어났지 만 예멘 사람이이고 예멘에서 살고 있구요. 내가 사우디 아라비아에서 태어났다는 것이 사우디 사람이라는 것을 의미하진 않습니다. 게다가 예멘을 공격하는 사우디 아라비아의 전쟁을 지지하지도 않습니다.

모하메드는 후티들이 차를 세우고 검문할 때마다 같은 설명을 반복하면 서 설득하였다고 한다. 그들이 확신하고 통행을 허락해줄 때까지 계속 설득 하고 또 설득해야 했다. 그들은 교육을 받지 않았기 때문에 논리적으로 설득 하는 데에 꽤 애를 먹곤 했다.

님 검문소에서는 정차 시간이 꽤 길었다. 네 시간을 훌쩍 넘기고서야 그 노인 환자 부부와 모하메드는 통행허가를 받을 수 있었다. 그날 30대 남성 중에 통행이 허락된 사람은 모하메드뿐이었다. 스물 다섯 명의 젊은 남자들 이 사나시까지 걸어서 되돌아가도록 처분되었다. 좀 더 나이가 든 스물 다섯 명의 남자들은 버스를 타고 돌아가는 것이 허용되었다. 은 넘도록 통행 허가 가 나지 않았다. 검문소를 통과한 사람들은 노인과 병자와 여인들 그리고 유 일한 젊은 남자인 모하메드였다.

모하메드의 전략은 꽤 유용했다. 하지만 모하메드가 노부부를 도와줌으로 써 통행허가를 받을 수 있었다는 것이 단지 전략이기만 했을까? 버가 만나본 모하메드는 도움이 필요한 사람에게 다가가 기꺼이 도움을 제공하는 그런 성품을 가진 사람이었다.

Between the Nehm checkpoint of the Houthi group and the Ma'rib checkpoint of the legitimate regime in Yemen that supports the rule of Abd Rabbo Mansour Hadi and supports the Saudi war against the Houthi group, during this time and this site I saw what made my hair white I saw what broke my heart I saw what brought tears to my eyes I saw my body goosebumps

I saw many dead bodies piled up, I saw dead bodies of civilians passing by who had no hand in this war, I saw dead bodies of young people and young men who were forcibly recruited from both sides (the Houthi group and the legitimate government) I knew them from that because they wore uniforms The soldier who followed each side, I smelled the smell of death around me, I saw corpses popping out of their eyes and coming out of their place and other bodies bulging and others exploding and other skeletons, the roads were destroyed, the bus almost fell more than once, random gunfire everywhere and from Everywhere we see missiles in the sky, we felt that they would fall on our heads. I saw people in despair and misery, and they could not find anything to eat until they started eating herbs and trees leaves.

That area was the line of contact in which all the conflicting parties meet and struggle face to face, and each party wants to eliminate the other party and remove it from its path.

Yemen has reached the worst state it can reach, the brothers are fighting, life has become very difficult, and safety is non-existent, it has become completely non-existent, and they must enter the youth into this war with them, and if the youth refuse, they are accused of being with the other side.

하늘은 스스로 돕는 자를 돕는다고 하였지만, 하늘은 도울 줄 아는 사람, 도움이 필요한 이를 도와주는 사람을 돕는다. 한국인 역시 그러한 사람들이다. 도움이 필요한 이들에게 적극적으로 나서서 도움을 주는 그런 사람들이다. 한국인만일까? 세상에는 이렇게 도움을 줄 수 있고 그로 인해 자신도 도움을 받게 되는 그런 사람들로 가득차있다. 모하메드가 먼저 나서서 노부부를 도왔던 것일게다. 모하메드가 한 발 빨랐을 뿐이다. 모하메드가 아니었다면 또 다른 누군가가 노부부에게 도움을 제공하였을 것이고 그 도움의 댓가로 통행허가를 받을 수 있었을 것이다. 먼저 나서서 돕는다는 것이 얼마나 큰 은혜의 통로인가.

후티 세력이 점령하고 있는 님 검문소와 아브라보 만수르 하디와 후테 세력에 대한 사우디의 전쟁을 지지하는 세력들의 통치하에 있는 예멘 정부군이 점령하고 있는 마리브 검문소 사이를 지나가면서, 모하메드의 머리는 희어졌고, 가슴은 찢어졌으며, 눈물이 앞을 가리고 온 몸에 소름이 돋았다.

수많은 시체들이 쌓여있었다. 전쟁통에는 시신을 치워줄 손이 없다. 젊은 사람들, 젊은 남자들의 시체들은 강제징집되었던 이들이다. 후티 세력과 정부군 양쪽에서 강제징집은 계속되고 있다. 서로 다른 소속의 군복을 입고 겹쳐 쓰러져 있는 젊은 남자들. 모하메드의 주변에 늘 죽음의 냄새가 따라다니고 있었다. 폭파되고 부풀려진 시신들의 몸에서 눈이 튕겨져나와 있었다. 도로는 파괴되었고 버스는 넘어질 듯 넘어질 듯 겨우겨우 앞으로 나아갔다. 총소리가 끊이지 않았고 하늘에는 미사일이 날아다녔다. 금방이라도 머리 위로 떨어질 것만 같았다. 절망과 비참 그 자체였다. 먹을 것이라곤 찾아볼 수가 없었다. 풀과 나뭇잎으로 허기를 면할 수밖에 없었다.

양쪽 진영이 맞닥뜨려 충돌하고 있는 전선, 얼굴을 마주보고 전투를 하고 있는 전선, 서로 마주 바라보고 있는 그 얼굴들은 모두 예멘 사람들의 얼굴이다. 생존이 불가능해진 곳, 그들은 젊은이들을 전쟁터로 밀어넣었고, 젊은이들이 거부하면 적으로 판정되어 재판에 회부되었다.

The bus moved, and we reached the borders of the city of Ma'rib, which is controlled by the legitimate government backed by the Kingdom of Saudi Arabia, and after two hours at the Ma'rib checkpoint, we were allowed to pass and enter the city of Ma'rib. I saw there oil and natural gas refineries, part of them were destroyed. After Ma'rib, we moved to the city of Mukalla, then Sayun in Hadhramaut governorate, then to the city of Al-Mahra, and after the city of Al-Mahra, we went to the borders of the Republic of Yemen and the Sultanate of Oman,,,, my journey began from my small village in Al-Hodeidah governorate in western Yemen to Al-Mahra governorate in eastern Yemen. This trip took five Whole days,,,, Note this trip about 2000 km took only 15 hours before the war.

Two thousand kilometers, many cities we passed through, and all because of the destruction and stopping of Yemeni airports, as well as because of the suffocating siege on sea and land ports by the Kingdom of Saudi Arabia.

And the hardest feeling I felt was when I saw my country destroyed and I couldn't do anything for it, and I became a stranger in my country, I hurt a lot and cried a lot

When we reached the Omani border, we were asked to work for a visa from offices that the Omani authorities deal with

To buy a medical visa for the sick man and his wife, and to buy a transit visa for me to cross to another country, and each one of us paid four hundred and fifty dollars in to get the visa. The office told us that the visas will be available within two days.

님 검문소를 통과하고 시체더미가 가득한 전장을 지나 버스는 결국 마리브시 경계에 도착했다. 사우디 아라비아가 뒤를 봐주고 있는 정부군이 통제하고 있는 지역이다. 마리브 검문소에서 두 시간의 검문을 마치고 버스는 마리브시로 들어갈 수 있었다. 연료탱크와 연료수송차량들이 파괴되어 있었다. 마리브를 지나 무칼라시, 하드라무트의 사윤, 마라에 도착했다. 마라는 예멘 공화국과 오만 술탄국의 접경지이다. 모하메드는 예멘 서쪽 호데이다의 작은 마을에서 출발하여 예멘 동쪽의 마라까지 이동한 것이다. 2천 킬로미터 거리를 지나오며 걸린 시간이 닷새였다. 전쟁 전에는 불과 열다섯 시간이면 갈 수 있는 거리였다.

2천 킬로미터, 많은 도시를 지나왔다. 예멘의 공항은 올스톱 상태였다. 사우디 아라비아 왕국이 바다와 육지의 모든 항만과 공항을 숨막힐 듯 봉쇄하고 있었기에 육로로만 이동해야 했다. 모하메드에게 가장 힘들었던 것은 지나온 모든 지역들이 폐허가 되어있는 것을 보면서도 모하메드의 조국이 파괴되어 있는 현장을 보면서도 아무것도 할 수 없다는 무력감이었다. 자신의 나라에서 이방인이 되고말았다는 사실이었다. 상처받은 가슴이 할 수 있는 거라곤 고작 울음을 터뜨리는 것뿐이었다.

오만 국경지대에 도착했을 때 오만 정부의 관청에서 비자를 위한 수속을 받아야 한다는 것을 알게 되었다.

모하메드가 함께 동행하고 모시고 온 환자인 할아버지와 할머니의 의료비자를 발급받아야했고, 모하메드의 경우에는 다른 나라로 이동할 수 있는 통행비자를 발급받아야 했다. 비자를 받기 위해서 1인당 450달러의 비용이 필요했다. 그나마 비자의 유효기간은 단 이틀이었다.

국가권력에 의해 가로막힌 국경은 국가권력의 허가에 의해서만 통과가 가능하다. 평화시대와 전쟁시대에 국경은 다르게 작동한다. 평시라면 환영을 받을 일이지만 전시에는 경계의 대상이 된다. 그리고 까다로운 규정이 적용된다. 머무를 수 있는 시간마저 제한적이다. 지금 모하메드와 그 일행들은 거의 난민 상태로 국경지대에 도착한 것이다. 전쟁터에서 넘어오는 이들은 국경 관리소 입장에서 귀찮은 업무부담일 뿐이다.

When we heard this we were shocked because in that border area there is no necessities of life, we had to sleep in that desert for two days and we depended on the Omani border guards to give us water and food.

The visa office asked me to issue a round trip ticket through the Sultanate of Oman and asked me to specify the destination, at this moment I decided to travel to Malaysia after Oman because I visited Malaysia seven times before. And I know Malaysia well because it was the country I loved the most from all those countries that I loved I used to travel it for tourism, picnics, and holidays, it is was giving us free tickets from the Yemeni Airways company that I work for.

I paid 450 US dollars for an online ticket from Salalah, Oman, to Kuala Lumpur, the Malaysian capital, And we were waiting for the visa, but after two days the visa arrived very late, and then we were allowed to pass from Yemeni lands to Omani lands through Al-Mazyouna land port.

I felt overjoyed in my heart that I was in a safe place, but my happiness did not last long because of the late time and my arrival at Salalah Airport late. I lost the flight from Salalah to Kuala Lumpur and lost my money (ticket price) as the amount is non-refundable.

국경지대에는 생필품이 없었고, 이틀동안 사막에서 잠을 자야 했다. 오만 국경경비대에 물과 음식을 얻어먹으며 버텨야 했다.

비자 사무소에서는 오만 술탄국을 통과하는 여행 티켓이 필요하냐고 물어보았다. 모하메드는 오만에서 말레이시아로 갈 결심을 하고 있었다. 말레이시아라면 전에 일곱 번이나 방문했던 곳이기 때문이다. 모하메드의 기억 속에 말레이시아는 모하메드가 여행했던 많은 나라들 중에 관광과 휴양지로서 꽤 좋은 곳이었다. 모하메드의 직장이었던 예멘 항공사에서 무료 티켓이 나왔고 그렇게 여행을 했던 곳이다.

오만의 살라라에서 말레이시아의 쿠알라 룸푸로 가는 항공권은 450달러였다. 온라인으로 구매를 하고 비자를 기다렸다. 비자가 도착해야 움직일 수 있었는데, 비자는 이틀 후에야 도착했다. 그렇게 예멘 영토에서 오만 영토로 진입이 허가되었다.

모하메드는 너무나 기뻤다. 이제 안전지대에 들어선 것이다. 하지만 행복은 그리 오래가지 않았다. 비자가 너무 늦게 도착하는 바람에 살랄라 공항에 늦게 도착하였고 비행기를 놓치고 말았다. 살랄라에서 쿠알라 룸프로 가는 항공권은 돌려받을 수도 없었다.

My life in the Sultanate of Oman

And when the flight was lost, I went back to that old man and his wife after I had said goodbye to them and told them that I had lost the flight. They said: Do not worry, be patient and you will find another flight. In fact, the next day I went to the Qatar Airways office and asked to buy a ticket from Salalah to Kuala Lumpur, and I actually bought the ticket, and it was after three days. During this period, I cared for the sick old man and his wife, and after three days I went to the airport.

I went to the passport officer to get my passport stamped out of the Sultanate of Oman, but the passport officer asked me: Are you from Yemen? I told him yes. He said, "Is the ticket back from Kuala Lumpur to Oman?" I said yes. He said, "No, it should be your ticket back to Jordan, Egypt, or Sudan, and not to the Sultanate of Oman.", I told him that no one told me these conditions when buying the ticket, he said to me calmly or careless (here I am telling you now these are the conditions) actually, I was not alone, but he worked like this with all Yemenis, and we were ten travelers, including women and children, and because of that We lost the price of the second ticket and only got back half of the amount, fifty percent.

오만 술탄국에서

비행기를 놓친 모하메드는 작별인사를 했던 노부부에게로 돌아갔다. 비행기를 놓쳤다고 말하는 모하메드에게 노부부는 걱정말라며, 참고 기다리면 다음 비행기가 오지않겠냐며 위로해주었다. 사실이었다. 다음날 쿼타르 항공 사무소를 찾아가 살랄라에서 쿠알라 룸프로 가는 항공권 구입을 문의하자 사흘 후에 비행편이 있다고 하였다. 항공권은 이미 구매를 했었지만 그 항공권은 사용이 불가능했다. 다시 구매해야 했다. 모하메드는 사흘동안 노부부를 돌보았고 사흘 후 다시 공항으로 갔다. 공항에서 오만 술탄으로 가는 스탬프가 찍힌 여권을 보여주었지만, 의외의 상황이 발생하였다.

- 예멘에서 오셨나요?
- 네.
- 이게 쿠알라 룸프에서 오만으로 돌아가는 티켓인가요?
- 네.
- 아닙니다. 당신의 티켓은 요르단, 이집트, 수단으로 가야하는 것이고 오만 술탄국으로 가는 것이 아닙니다.
- 아뇨, 그런 말은 들은 적이 없습니다. 티켓을 구매할 때 어느 누구도 이런 상태라는 걸 말해주지 않았어요.
- 지금 제가 말씀드리잖아요.

그는 모하메드뿐만 아니라 모든 예멘사람들에게 그렇게 말했다. 여자들과 어린이를 포함해서 열 명의 여행객이 함께 있었는데, 그렇게 두 번째 항공권도 사용할 수 없게 되었다. 이번엔 환불이 되었지만 절반밖에 돌려받지 못했다.

Because of that, the plane left and I was not on it. Then I left the airport and went back to the city to buy another ticket from Salalah to Kuala Lumpur and the return line from Kuala Lumpur to Jordan. When I went to Salalah Airport, I gave them the ticket. The passport officer told me: Yes, that's very good. Then he asked me Do you have two thousand dollars in cash? I did not have the money in cash. I had part of my wife's gold remaining with me. Then I looked behind me. A Yemeni businessman says yes, we have this amount, and four thousand dollars comes out. He says, "I have two thousand dollars, and this is another two thousand dollars for this person." And he refers to me at that moment, I felt that he was an angel sent by God to me, and then the passport officer allowed us to get on the plane and from here I left the lands of the Sultanate of Oman heading to the Malaysian capital Kuala Lumpur.

비행기는 떠났고, 모하메드는 다시 남겨졌다. 공항을 떠나 시내로 돌아가서 다시 항공권을 구매해야 했다. 이번에는 살라라에서 쿠알라 룸프로, 쿠알라 룸프에서 요르단으로 가는 항공권을 구매했다. 항공권을 가지고 다시 공항에 갔을 때 검역관이 이제 됐다고 말해주었다.

- 예, 좋습니다. 그런데 수중에 현금 2천 달러를 가지고 있나요?

현금이라니. 모하메드는 현금을 가지고 있지 않았고, 아내가 준 금이 있을 뿐이었다. 뒤에서 다른 예멘 사람이 가지고 있다고 답하고 있었다. 모하메드가 뒤를 돌아보았더니 그는 사업가였다.

- 예, 우리가 그 정도는 가지고 있어요. 여기 4천 달러입니다. 2천 달러는 제 것이고, 2천 달러는 이 사람 겁니다.

그 예멘 사업가는 모하메드에게 돈을 건네었고, 모하메드는 그가 신께서 보내주신 천사라고 생각하였다. 그리고 나서야 모하메드는 비행기에 탑승할 수 있었다. 그렇게 모하메드는 오만 술탄국을 떠나 말레이시아의 수도 쿠알라 룸프로 이륙하였다.

여행을 하기 위해 수중에 현금 2천 달러를 가지고 있어야 하는가보다. 무전여행은 가능하지 않은 선택지인 게다. 모하메드는 무일푼의 상태에서 비상시를 위해 지니고 있는 금이 있을 뿐이었던 것이다. 여행 허가를 받을 수 없는 상태에서 한 사람이 우리는 일행이라고 소개하며 자신의 돈을 모하메드에게 건네준다. 잠시 빌려준 셈이지만 모하메드에게는 천사의 선행이었다. 모하메드의 일기를 읽어가면서 참혹한 전쟁을 지나오는 동안 계속 이어지는 도움, 선행의 손길들을 확인할 수 있었다. 세상에는 전쟁을 일으키고 사람을 죽여가며 통제하려는 사람들만 있는 것이 아니다. 선행의 손길을 버밀며 그 도움의 징검다리들이 서로 연결되어 서로를 살려내고 있었다.

My life in malaysia

When I was on the plane, I sat next to the Yemeni businessman and thanked him for his noble stance with me, and told him that he was a savior for me this day and had it not been for the help of the Lord and then his help (the Yemeni businessman) I would have been lost in the Sultanate of Oman and the problem is that the visa that I have in the Sultanate of Oman is a visa Transit for one week only.

The Yemeni businessman told me there is no need to thank and that he was happy to help me.

Then I wanted to return the two thousand dollars to him. He told me, "No, leave it with you until the plane lands and we get out of the Kuala Lumpur passport 's Officers."

Then for the first time I fell asleep on board the plane because its route was very long from Salalah to Muscat and then to Doha and then Singapore and then finally we arrived at Kuala Lumpur Airport. I could not believe that because of happiness.

The plane landed at Kuala Lumpur Airport in Malaysia at eight in the evening, then I got off the plane and went to the passport officer to stamp my passport, The entry stamp into Malaysia, and usually we are allowed to stamp the passport at Kuala Lumpur International Airport for a period of ninety days.

말레이시아에서

비행기에서 모하메드는 그 예멘 사업가 바로 옆에 앉았고 친절한 호의에 감사의 뜻을 표했다.

- 당신은 오늘 저에게 구세주였어요. 신의 도움과 당신의 도움이 없었다면 이 비행기에 탈 수 없었을 거예요. 저에게 오만 술탄국에서 제공한 경유 비자가 1주일 기한이었거든요.

- 감사할 필요는 없습니다. 도와줄 수 있어서 저도 행복합니다.
- 이제 이 돈 2천 달러는 돌려드릴게요. 정말 고마웠습니다.
- 아니예요. 일단 가지고 계세요. 착륙하고 쿠알라 룸프에서 입국 절차를 마칠 때까지는 가지고 계시는 게 좋겠어요.

모하메드는 우선 잠을 청했다. 긴 여정이이었다. 항공기는 살랄라에서 무스카트, 도하, 싱가포르를 거쳐 마침내 쿠알라 룸프 공항에 도착했다. 모하메드는 이루 말할 수 없이 큰 행복감을 느꼈다.
말레이시아의 쿠알라 룸프 공항에 착륙한 시간은 저녁 8시였다. 비행기에서 내려 입국승인 도장을 찍어주는 출입국 관리원에게 여권을 건네주었다. 통상적으로 쿠알라 룸프 국제 공항에서 입국승인을 할 때 90일의 체류 기한이 허락된다.

I knew the steps and procedures well, because it was not the first time I traveled to Malaysia, as I traveled there several times, but this time the passport officer stopped me just because he knew that I was from Yemen, and I was not the only one who stopped him, as several people from Yemen stopped students or businessmen Or families, women, children, elderly or sick people.

I was surprised by these procedures because it was the first time that it happened to us. By the way, the Yemeni citizen could travel to 75 countries without a visa, or issue the visa at the airport, or make for him an entry stamp from the airport, and he was can have a free visa from one to three months.

But after the Yemeni war, all of these countries suspended these visas and these privileges, except for only seven countries.

After an hour of waiting, the airport passport officers came and asked some questions like why did you come to Malaysia? How long will you stay in Malaysia? Do you have a return ticket to another country (around trip - ticket)? Do you have a hotel reservation for the period you will spend in Malaysia? Do you have cash of up to $2000 or more? And such questions are many, many,

모하메드는 입국 승인과 심사 과정을 잘 알고 있었다. 말레이시아 여행이 처음이 아니기 때문이다. 여러 번 다녀갔고 이번에도 그러할 것이라고 생각하고 있었다. 그런데 이번엔 달랐다. 관리원이 모하메드를 멈춰세웠다. 예멘에서 왔다는 이유 때문이었다. 모하메드뿐만 아니라 예멘에서 온 사람들 모두가 멈춰진 상태였다. 학생들도, 사업가들도, 가족들, 여성, 어린이, 나이든 사람과 환자들 모두.

모하메드는 이러한 상황이 당황스럽기만 했다. 예멘 사람들에게 이런 일이 일어나다니! 비자 없이 75개국을 여행할 수 있었던 예멘 사람들이었는데, 비자가 필요한 경우엔 공항에서 즉석으로 발급받을 수 있었고, 한 달에서 석 달 정도의 비자를 받을 수 있었는데, 지금의 과정은 처음 겪어보는 일이었기 때문이다.

예멘 전쟁 이후 비자 발급 정책에서 이 나라들은 과거와 같은 비자 발급을 일시 중단하였고 예멘을 제외시켰다는 것을 실감하게 되었다.

한 시간을 기다린 후에 공항 여권 담당자가 다가와서 끝없는 질문을 던져댔다.

- 왜 말레이시아에 왔는가?
- 얼마나 오래 말레이시아에 머물 예정인가?
- 돌아가는 항공권을 가지고 있는가?
- 말레이시아에서 지내는 동안에 묵을 호텔은 예약되어 있는가?
- 지니고 있는 현금은 2천 달러 이상인가?

I was very lucky because of the Yemeni businessman because he was helping me and telling them that the two of us are together in everything in booking the hotel and money and we work with each other,, and actually this Yemeni businessman not only helped me but helped a lot of other Yemeni people.

And after more than three hours had passed, they allowed us to cross, and our passports were stamped with the entry stamp and permission to stay for three months (ninety days). I entered from the airport to the city of Kuala Lumpur, and I gave the businessman his money two thousand US dollars and I said to him thank you so much I can not forget how you helped me a lot then I said bye to him, I rented a taxi and moved to the center of The city I rented a room in a hotel and because I was very tired I asleep until the next day it was so deep sleep.

I have a brother from the mother's side who has American citizenship. He had promised me that he would submit an application to obtain a visa for me to the United States of America, and indeed he submitted the application. But the application remained for a long time at the US Embassy in the Malaysian capital, Kuala Lumpur, to be studied. That was during the era of the President of the United States American Donald Trump. He signed a memorandum banning seven countries, namely Syria, Yemen, Iraq, Afghanistan, Iran, Sudan and Cuba. Citizens of those countries are not allowed to enter the USA for security reasons. It had destroyed one of my most important dreams as I had expected that my stay in Malaysia would be temporary.

모하메드는 다행히도 그 예멘 사업가가 여러 모로 도움을 주어서 잘 넘어갈 수 있었다. 그는 모하메드뿐만 아니라 다른 예멘 사람들까지 포함해서 같은 일행이며 함께 묵을 것이고 함께 일할 것이라면서 많은 이들을 도와주었다.

세 시간이 훌쩍 지나고서야 통과가 허락되었다. 여권에는 석 달 체류의 스탬프가 찍혀있었다. 공항을 떠나 쿠알라 룸프의 시내로 들어갔고, 그제서야 그 예멘인 사업가에게 그의 돈 2천 달러를 돌려주었다.

- 정말 감사합니다. 평생 잊을 수 없는 큰 도움을 받았습니다.

그렇게 그와 헤어진 모하메드는 택시를 타고 그 도시의 중심부로 들어갔다. 호텔 방을 빌리고 바로 깊은 잠에 빠져들었다. 너무 지쳐 있었다.

모하메드에게는 아버지가 다른 형이 있었는데, 미국 시민권을 가지고 있었다. 그 형이 미국 체류 비자를 받을 수 있도록 도와 주겠다고 약속했었다. 실제로 형은 신청서를 제출하였다. 말레이시아 수도인 쿠알라 룸프의 미국 대사관에 오랫동안 남아있던 신청서는 도널드 트럼프 미국 대통령 재임기간 동안 7개국에 대한 금지 조치로 검토되지 못하였다. 시리아, 예멘, 이라크, 아프가니스탄, 이란, 수단, 쿠바 등의 시민들은 보안상의 이유로 미국 입국이 불허되었다. 말레이시아에 잠시 머무르고 미국으로 이동하려고 했던 모하메드의 꿈은 부서지고 말았다. 하지만 다른 일이 기다리고 있었다.

대한민국 헌법에는 "모든 국민은 거주 이전의 자유가 있다"고 명시되어 있다. 국민국가의 틀 안에서 국가 경계의 내부에서 허락된 자유이다. 국경을 넘는 일은 자유롭지 않다. 허가를 받아야 하고, 허가권자인 국가권력은 국가에 이익이 있을 때에만 이동의 자유를 허락한다. 인간의 자유권이라는 것이 자유주의 국가에서조차도 제한적이라는 것은 자유라는 기본적 인권이 부정되고 있음을 반증하는 것이다.

And here a fait accompli was imposed on me. I cannot continue to the United States of America, and I cannot return to my country, Yemen. I was very confused and tense, and here I realized that my destiny and my fate had become unknown. I could no longer think because all my thoughts became scattered. To many mixed feelings, pressure, tension, confusion, exhaustion, fatigue, and a lot of stress.

Seconds, minutes, hours, days, weeks and months pass, and I was still in Kuala Lumpur, Malaysia. I lost hope of traveling to the United States of America, and I lost hope in those times that the war in Yemen would stop or subside. I had three months of free legal residence. Surveys It was for me in Malaysia, it ended and I had some money that I had sold that gold that I gave as a gift to my wife on our wedding day, and she gave me that gold when I decided to escape from Yemen, I spent all that money on renting hotels and houses, eating and dealings in the American embassy In Malaysia, I lost all my money and time in Malaysia, and I had no way out for me from Malaysia, here I realized that I might spend the rest of my life in Malaysia.

I don't have much money anymore. I had hard, sad and very, very tiring days, I can't forget them because I ate one meal per day within 24 hours, I wanted Sleeping, but I cannot sleep because my stomach was empty and I was in depression and a broken psychological and nervous state. I could no longer think and comprehend what was happening around me. I was greatly disappointed by the fates and conditions I reached.

모하메드의 현실은 이미 기정 사실이었다. 미국으로 가려고 했지만 갈 수 없다. 모하메드의 조국 예멘으로 돌아갈 수도 없다. 혼란과 긴장 속에 모하메드는 아무것도 할 수가 없었다. 모하메드에게 부여된 천형같은 예멘인의 운명, 모하메드의 여정이 어찌될지 도무지 알 길이 없었다. 더 이상 아무 생각도 할 수 없었다. 아니 사고 자체가 불가능한 상황이었다.

초, 분, 시간, 날, 주, 달이 흘러가고, 모하메드는 여전히 말레이시아의 쿠알라 룸프에 있다. 미국으로 떠날 것이라는 희망도 잃어버리고, 언젠가 예멘에서 전쟁이 끝나면 돌아갈 수 잇을 것이라는 희망도 막막하기만 했다. 말레이시아의 체류 허가 기간은 석달이다. 시간도 끝을 향해 가고 있고 사실 돈도 바닥을 보이고 있었다. 모하메드가 예멘을 탈출하기로 결심했을 때 아내가 건네준 결혼예물을 팔아 숙소와 끼니를 해결했지만 이제 바닥이 나고 말았다. 말레이시아를 벗어날 길이 도무지 보이지 않는 지금 모하메드는 말레이시아에서 생존해야 할 길을 찾아야 했다.

그나마 남아있는 돈을 절약하기 위하여 모하메드는 가능한 모든 방법을 동원하기 시작했다. 숙비도 아끼고 식비도 아껴야 했다. 하루 24시간 동안 한 끼로 떼우고 잠만 자는 수밖에 없었다. 하지만 비어있는 위가 잠을 방해하였다. 절망과 신경쇠약으로 정신을 차릴 수 없는 지경에서 현재의 상황을 생각하거나 이해하는 것은 더 이상 불가능했다. 최악의 조건과 운명이 모하메드를 절망감에서 헤어나올 수 없게 하였다.

굶주린 배를 움켜쥐고 잠을 청해야만 할 때, 그나마 배가 고파서 잠조차 들지 않을 때, 그런 때가 내 인생에서도 있었다. 하지만 다음 날 할 일이 있었기에 잠을 자야 했고 일어나서 일을 해야 했다. 일을 해야 빚을 갚을 테니까. 일이 있으면 배고픔도 참을 수 있고 오지 않는 잠도 잘 수 있다. 하지만 할 일이 없다면, 할 수 있는 일이 아무것도 없다면. 대체 정말 무엇을 해야 할까?

But one night I woke up at two o'clock in the middle of the night, I went to the bathroom and took a good shower. I changed my clothes and kept praying all night long so that God would guide me in what I should do. I prayed because I believe in the divine power that brings you positive energy and calms me It terrified you, and made you in a real dream of peace of mind and a feeling of happiness. I was sad that I did not consult God (my God) in the most difficult cases. I relied only on my education, my strength, my health and my intelligence.

And in my opinion, that was a big step, because I also had to rely on the divine power and the divine measure, which would have given me calm and psychological stability and thinking more rationally.

And actually, after the prayer on that late night, the time for fajer prayer came (the first prayer of the day for Muslims and it is at five in the morning), and I went to the mosque and prayed the fajer prayer and then sat in the mosque to read the Holy Qur'an.

And the first thing I thought about was that the free and legal three months of my stay in Malaysia is about to end, so I must be in this country legally residing, so I went to the Office of the High Commissioner for Refugees' Rights to request the right of protection and allow me to stay in Malaysia legally until that Yemen will be safe and I will return to Yemen.

어느날 밤, 한 밤 중 두시 즈음에 깨어난 모하메드는 화장실을 찾아 샤워를 하고 옷을 갈아입었다. 기도를 하기 위해서였다. 밤을 새며 모하메드는 기도를 계속했다.

- 신이시여, 내가 할 수 있는 것을 내가 해야하는 일을 가르쳐주소서.
- 긍정적인 에너지와 평온을 허락하실 거룩한 힘이 당신께 있사오니
- 신이시여, 당신을 향한 나의 믿음을 저버리지 마소서.
- 진노를 거두시고, 마음의 평화와 행복의 감정을 허락하여 주소서.
- 이 모든 환난의 날에 당신께 기도하지 않았습니다.
- 이 무지한 환난의 날에 당신을 의지하지 않았습니다.
- 내 자신의 교육과 나의 능력과 건강과 지식을 의지했습니다.

기도 후에, 기도로 자신을 포기하고 자신을 내려놓고 신의 거룩한 힘에 의지할 수밖에 없음을 인정하였을 때, 모하메드에게 큰 변화가 일어났다. 마음이 진정되고 심리적인 안정을 되찾았으며 합리적인 생각이 가능했다.

그날 밤 밤샘시도를 마치니 새벽 5시가 되어가고 있었다. 모하메드는 아침 5시에 새벽 기도에 참석하기 위해 모스크를 찾아갔다. 무슬림은 아침 5시에 새벽 기도(fajer prayer)를 하는 전통이 있다. 모스크에 앉아서 거룩한 꾸란을 읽었다.

첫 번째로 해야할 일이 생각났다. 현재 모하메드에게 허락된 체류기간은 석달이다. 그러니 먼저 법적 체류 자격을 받아야 한다. 체류를 법적으로 허가받는 것이 급선무이다. 난민 인권 고등 판무관 사무실을 찾아가기로 했다. 예멘이 안전해지고 예멘으로 돌아갈 때까지 보호권을 인정하고 말레이시아에 법적으로 체류할 수 있도록 허락해달라고 요청하기로 했다.

But actually, the High Commissioner for Refugees was very late in responding, but I was lucky and the good luck of all Yemenis, the Malaysian government allowed Yemenis to buy a visa called a special pass monthly for three consecutive months, almost every month for 50 US dollars and actually I bought. This is the kind of visa that allows me to stay in Malaysia by legally but does not to allow us for otherwise like work, education, health care, ex,,,,,,,,,,,,,,,,

I was able to stay three months with the entry stamp into Malaysia, and that was allowed for Yemenis, then another three months with the special pass, six months passed, and then the Yemenis were allowed to buy a six-month visa in Malaysia, and here I felt that the prayer I was doing was helping me a lot.

The problem I was addressing is that there is not enough money for housing and food, and I was thinking of looking for a job, but we were not allowed to work in a legal way, but I had to work in order to save my life from starvation. And I really searched for and searched, and even searched for a long time, everyone was refusing me to work with them because it was against Malaysian law. This was a lot of risk, as well as a threat to them and me to pay very large financial fines.

And after searching for a long time, I found a job in a restaurant in the Malaysian capital, Kuala Lumpur. I was working in the kitchen and restaurant dishwashers. Because I do not have a work visa or work permit, the owner of the restaurant took advantage of that and forced us to work very long hours that lasted up to 18 hours a day and conditions of the work was very difficult.

실제로 난민 인권 고등 판무관은 응답이 매우 늦은 편이었다. 그런데 모하메드는 다행히도 아니 모든 예멘이들에게 정말 큰 행운이었던 것이 말레이시아 정부가 매달 50 달러의 비용으로 석달 유효 비자를 발급하는 특별 조치를 시행해주었다. 즉시 비자를 살 수 있었다. 체류는 허가하지만 그 외의 어떠한 것도 허용되지 않는 비자였다. 일도 할 수 없고 교육도 건강보험도 가능하지 않는 단순한 체류허가였다.

모하메드는 말레이시아에 석 달 체류 허가 스탬프를 받고 입국하였다. 그리고 석 달이 지나자 또 다시 석 달 체류 허가 특별 비자를 구매할 수 있었고, 그렇게 석 달이 지나자 다시 6개월의 특별 비자 구매가 허락되었다. 모든 예멘인들에게 해당하는 조치였다. 모하메드는 기도를 멈추지 않은 결과라고 기도의 응답을 경험하고 있는 것이라고 느꼈다.

모하메드가 기도하고 있었던 문제는 숙박과 식비를 해결할 돈을 달라는 것만이 아니었다. 일을 찾아야 한다는 생각이었다. 하지만 합법적으로 일을 할 수 있는 방법은 허락되지 않고 있었다. 그래도 굶어죽지 않으려면 일을 해야한 했다. 일을 찾고 찾았다 오래도록 일을 찾고 또 찾았다. 하지만 모두가 거절하였다. 말레이시아 법에 반하는 일이었고, 실제로 막대한 재정손실을 가져오게 될 위험요소이었기 때문이다. 찾고 또 찾은 결과 겨우 말레이시아 수도 쿠알라 룸프의 한 레스토랑에서 일을 할 수 있었다. 레스토랑 부엌에서 접시를 닦는 일이었다. 일을 할 수 있는 비자가 아니라는 약점을 이용하여 가게 주인은 모하메드와 동료 예멘인들에게 더 오랜 시간을 일하도록 요구했다. 하루 18시간을 쉬지않고 일해야 했고 노동 조건도 매우 열악했다.

국가가 허락하지 않아도 고용 시장에서는 값싼 노동력의 수요가 있게 마련이다. 허락받지 못한 불법 노동과 불법 노동이 거래되는 시장의 자유. 생존을 위해 노동력을 팔아야 하는 노동자는 값싼 노동력의 수요에 맞춰 일을 할 수밖에 없다. 노동 착취가 발생하는 조건이다. 합법적으로 노동할 수 있는 자격이 없는 노동자의 임금은 삭감되고 노동시간은 연장된다. 값싼 노동력을 위해 국가는 노동을 허락하지 않는 인력, 불법 노동 인력을 방치하기도 한다. 그들의 국가가 아니기 때문이다.

The working conditions were very harsh, and safety factors were not available at all. I would get up early and enter the kitchen and work in the kitchen and restaurant dishwashers for long hours without rest. I was standing on my legs all the time and using many chemical cleaners, and part of them was dangerous to my health. Also, plastic gloves for hands are not used, and I was always exposed to cracked or broken plates and cups that always hurt my hands.

Malaysia is a country with hot weather all year round, especially in the summer. The weather is very hot. I could not breathe because of that, and I was thirsty all the time, and I sweat all the time, the water for washing dishes was in my hands and on my feet all the time and because of that The presence of bacteria on my hands and on my feet I was suffering a lot from this bacteria throughout the year because of the lot of water around me.

I was working in the kitchen dishwasher that was behind the kitchen, that kitchen that was behind the restaurant, that restaurant that was behind the street, there was nothing behind me but forests full of trees and there was a big river and I was suffering from the presence of the river and the forest with thick trees.

Because I used to live for free in a private residence in the restaurant, that residence was a hut behind the kitchen dishwasher and the restaurant and in front of the forest full of trees and that great river. Many animals, especially reptiles, such as snakes and small crocodiles, and many crawling animals I do not know their names, came to me. including danger.

노동조건은 정말 너무나도 혹독했다. 안전 장치들이 전혀 가능하지 않은 상태였다. 일찍 일어나자마자 부엌으로 들어가 하루종일 18시간동안 부엌에서 일을 해야했다. 설거지는 끊임없이 몰려들었다. 하루 종일 서서 일을 해야 했기에 다리가 아팠고, 온갖 화학물질의 세제를 사용해야 했기에 건강에도 위험했다. 손을 보호할 비닐 장갑도 없이 맨 손으로 일을 해야했다. 부서지고 깨진 접시와 컵에 손을 다치는 일이 허다했다.

말레이시아는 사철 무더운 날씨가 계속된다. 특히 여름이면, 그 날씨는 정말로 덥다. 숨이 턱턱 막힐 지경이다. 늘 목이 마르고 늘 땀에 젖어 있지만 손에 닿는 물이라곤 설거지용 물뿐이다. 손이 설거지 물에 불어 물집이 생기고 발에도 설거지 물이 넘쳐 물집으로 부르트고, 몸 전체에 땀이 흘러 늘 모하메드의 주변에는 물이 넘쳐나지만, 마음놓고 물을 마실 시간도 사실상 마실 물도 모하메드에게는 없었다.

모하메드가 일하는 설거지 장소는 부엌 뒤편에 있었다. 부엌은 레스토랑 뒤편에 있다. 그리고 레스토랑은 거리 뒤편에 있다. 하지만 모하메드의 뒤편에는 아무것도 없었다. 나무로 가득찬 숲과 큰 강이 있을 뿐. 배수의 진처럼, 뒤로 물러설 곳이 없는, 모든 것의 뒤편 그 마지막 끝에 모하메드가 있었다.

일하지 않는 여섯 시간 동안, 모하메드는 레스토랑에 딸린 숙소 안에서나마 자유로운 삶이 주어졌다. 보호받지 못하고 위험을 감수해야하는 그러한 자유의 장소는 설거지 장소 뒤편의 움막이었다. 그곳은 나무가 울창한 숲과 큰 강이 바로 앞에 있었다. 많은 동물들, 특히 뱀이나 작은 악어 같은 파충류, 이름도 모를 기어다니는 동물들이 위협적으로 다가오는 곳이었다.

우리에게 자유가 긍정적인 이유는 안전과 평화가 보장되기 때문이다. 유일하게 자유가 허락되었던 모하메드의 시간과 공간에 안전과 평화는 함께하지 못했다. 이 순간 모하메드에게 자유는 위험과 두려움이었다.

But the most dangerous of all of the above was the Malaysian mosquito that transmits the deadly dengue fever. I was always afraid of being bitten by this type of mosquito because it transmits a deadly disease, the treatment of which is difficult and very expensive, up to ten thousand US dollars, and if not Treated from it, death is the last fate of this type of disease.

I visited Malaysia several times before. Malaysia was my favorite destination for holidays and I loved it very much because I used to see in Malaysia all the beauty and comfort that the tourist enjoys, but this time it was different. I saw the other side of Malaysia, it is the other side that Refugees and fugitives from war live in it.

It's a life to be behind everything, behind life, I work in the back kitchen, I walk in the back streets so that people don't see my miserable self and pity me, or I see their looks of pity for me, I walk behind people so that the passport police or the regular police do not see me so that I am not blackmailed from them or they try to take a bribe from me in order to get away from me.

Although my residence was in a legal way, but my work was not in a legal way, so it was necessary to beware of the Passport Police and the General Police, because if they see anyone they try to blackmail him just to take anything valuable with him, such as money, they bribe to leave him.

가장 위험했던 것은 모기였다. 죽음에 이르게 할 만큼 위협적인 댕기열병을 전염시키는 말레이시아 모기에 물리면 어쩌나 하는 것이 모하메드에게 가장 큰 걱정거리였다. 댕기열병에 걸리면 치료도 힘들지만 비용이 매우 비쌌기 때문이다. 미화 천 달러 정도나 되는 비용을 감당할 수가 없다. 그 많은 비용을 감당하더라도 치료하지 않으면 죽음에 이르는 것 외에 다른 방도가 없다.

모하메드가 예전에 말레이시아를 방문했을 때를 생각해보면, 말레이시아는 매우 매력적인 휴양지였고 말레이시아의 아름다움과 쾌적함에 반할 정도였다. 관광객으로서의 즐거움일 경우에 한정된 것이다. 지금은 전혀 다르다. 난민들과 전쟁에서 탈출한 사람들이 살 수 있는 것은 말레이시아의 뒤편이었다. 과거에 말레이시아의 앞을 보고 앞에 서 있었지만 지금 모하메드는 그 뒤편에 서 있는 것이다.

모든 것의 뒤편에 있는 삶, 그 뒤편의 삶을 모하메드는 살고 있다. 부엌의 뒤편에서 일하고, 거리의 뒤편, 사람들의 뒤편에서 걷는다. 허락받지 못한 노동의 장소, 부엌의 뒤편. 비참한 현실을 불쌍하게 바라보는 그렇게 스스로 초라해질 수밖에 없는 사람들의 시선을 피한 거리의 뒤편. 꼬투리가 잡히게 되면 뇌물이라도 바쳐야 눈감아줄 경찰들을 피하기 위한 사람들의 뒤편. 그 뒤편의 삶이 모하메드의 삶이었다.

합법적인 거주와 비합법적인 노동, 그것이 뇌물을 취할 관리와 경찰들에게 필요한 조건이었다. 단속에 걸리게 되면 돈이든 무엇이든 그들이 원하는 것을 주어야만 보내주었다.

이렇다. 합법과 불법의 경계는 착취의 공간이기도 하다. 국가 권력 아래에서 모든 국민이 평등하다고 하지만, 국민이 아닌 이들에게는 합법적으로 관광을 소비할 권리가 주어지거나 (비)합법적으로 노동을 착취할 권리에 노출되거나 둘 중 하나일 뿐이다. 국민국가의 경계를 넘어선 보편 인권은 아직 지구상에 구축되지 않았다.

After a long period of months while I was working in the kitchen, I was able to save a good amount of money, that money I saved entirely from working in the kitchen, which amounted to 300 US dollars per month, and I was able to save it because I lived for free in that hut and I ate my food from that restaurant for free, And I had no other expenses except buying a visa.

한 달 정도 일하면서 모하메드는 약간의 돈을 모을 수 있었다. 미화 300 달러. 몸을 다쳐가면서 식당에서 주는 음식으로 끼니를 때우며 겨우 모은 돈이었다. 체류 비자를 발급받기 위한 지출 외에 어떠한 지출도 하지 않고 모은 돈이다.

보통 외국에 돈 벌러 나간다는 말을 들으면, 외국에서 더 많은 임금을 받는 것으로 생각하는 경우가 많다. 그런 경우도 있을 것이다. 하지만 대부분 외국에서 일할 때에는 돈을 쓰지 않고 최소한의 생계만 유지하면서 돈을 모으기 때문에 돈을 벌어올 수 있다. 삶의 질을 포기하고 돈을 모으는 이유가 무엇일까?

다 먹고 살자고 하는 일이 아니냐? 그러니 먹으면서 벌고 버는 만큼 먹고 그러자는 말을 하기도 한다. 개인의 삶은 그렇게 가능할 것이다. 내가 번 만큼 먹고 쓰면 된다. 그런데, 부양할 가족이 있다면 사정은 달라진다. 먹지 않고 쓰지 않아야 버는 돈을 모을 수 있다. 사람이 사람을 책임진다는 것은 이런 것이다. 나를 돌보고서는 나의 사랑하는 사람들을 책임질 수 없고 챙길 수 없다. 모하메드는 처음부터 가족을 위해 탈출을 감행한 것이 아니었던가. 지금 그 책임을 자신의 희생으로 감당하고 있는 것이다. 아직 만날 수 있다는 희망은 없지만. 언제 돌아갈 수 있을지도 모르지만.

Grace in Ramadan

After a long time of war in Yemen, the warring and conflicting parties internally and externally decided to make a temporary truce on the occasion of the blessed month of Ramadan (a month in which all Muslims fast).

And there were flights from Aden International Airport in southern Yemen, this airport, which was completely destroyed, and the purpose of these emergency flights was for humanitarian purposes, such as transporting patients for treatment in Mumbai, the economic capital of India, as well as removing foreigners working for humanitarian relief organizations. It is under the auspices of the United Nations.

And I found this a very nice opportunity for me to be able to get my wife Rehan out of Yemen, as I had friends at Aden Airport (I worked at Aden International Airport before and made many friends) and friends in the Yemeni Airlines, the carrier of flights from Aden to Mumbai (where I was I work with him for a long time), friends in the United Nations office that was sponsoring the trips (where I worked in the United Nations world food program WFP office in Hodeidah) and friends in Mumbai airport, India (as the future of the trip in Mumbai, India was my manager at work in Sana'a and then turned into a manager Mumbai station, Yemen Airways).

라마단의 은총

예멘의 오랜 전쟁이 끝나면, 아니 전쟁이 아직 끝나지 않았어도 서로 싸우고 갈등하던 집단들이 대내외적으로 임시로라도 라마단 휴전을 하게되면, 라마단 기간은 무슬림의 금식기도 시간이니, 남예멘의 아덴 국제 공항이 완전히 파괴된 상태이긴 하지만 비행기를 띄울 수 있을 것이다. UN 후원으로 응급상황과 인도주의적 목적으로 인도의 경제수도인 뭄바이에서 치료받을 환자를 수송하거나 외국인 노동자들의 안전한 이동을 위하여 하늘길이 잠시라도 열릴 수 있을 것이라는 소식이었다.

모하메드는 그때가 아내 레한을 데리고 올 수 있는 최적의 기회라고 생각했다. 아덴 국제 공항에는 모하메드가 예멘 국제 공항에서 일할 때 사귀었던 많은 친구들이 있으니 그들이 도와줄 것이다. 그리고 그 때 만났던 친구 중에는 UN에서 일하는 친구들도 있다. 모하메드도 호데이다에 있을 때 UN이 후원하는 식량 원조 기구인 WFP에서 봉사한 적이 있었다. 인도의 뭄바이 공항에 있는 친구들도 도움을 줄 수 있을 것이다. 사나에 있던 예멘 항공의 매니저가 뭄바이 공항 매니저로 자리를 옮겼다고 하니 이와 같이 좋은 기회는 다시 없을 것이다.

내가 만났던 모하메드는 늘 밝은 웃음으로 친구를 사귀는 데 적극적이었다. 모하메드와 내가 만나게 된 것도 모하메드가 적극적으로 먼저 찾아왔기 때문이었다. 자신의 이익을 위하여 어장 관리, 인맥 관리를 하는 것이 아니라 그야말로 순수하게 친구가 되고 싶어하는 마음이 모하메드에게 있었다. 그것이 모하메드에게 신이 허락한 은사인 것일까? 모하메드는 그러한 성품으로 좋은 기회를 만들어내게 된 것이다.

And really all the friends helped me by facilitating the travel of my wife Rehan from Yemen to India, my father and my wife Rehan traveled from the village to Hodeidah and then to Taiz and from Taiz to Aden, tickets were bought from Aden to Mumbai, India and from Mumbai, India to Kuala Lumpur, Malaysia, my wife got on the plane after traveling in Yemen that took four days and from Yemen to Malaysia it took two days to travel after six days of continuous travel and my wife Rehan arrived in Malaysia.

I will never forget my father's sacrifice and help as well as the help of all those friends who supported us to meet my wife after a long period of separation.

The flight with my wife arrived from Mumbai airport in India to Kuala Lumpur airport in Malaysia at exactly twelve o'clock in the afternoon and after three hours they allowed her to enter from the passport office at Kuala Lumpur International Airport, and I was preparing all the papers required to enter her from the airport, my wife went out to the lounge When she arrived, she looked at me and I looked at her. Tears filled her eyes and tears filled my eyes. She couldn't believe she was looking at me and I couldn't believe I was looking at her. She ran to embrace me and I ran to embrace her. She felt safe and strong near me, and I felt warmth and tenderness near her. There are many, many mixed feelings.

Before my wife arrived, I had rented a very small house (a small bedroom, a small living room, a bathroom, a kitchen) for an amount of 600 Malaysian ringgit, which is equivalent to 150 US dollars per month, and this amount is half the monthly salary that I was receiving from the restaurant.

실제로 그 모든 친구들이 모하메드를 도와 주었다. 덕분에 모하메드의 아내 레한이 예멘에서 인도로 무사히 올 수 있었다. 모하메드의 아버지와 아내가 함께 그 작은 마을에서 호데이다까지 왔고 거기에서 타이즈로, 다시 아덴으로 이동하여 아덴에서 인도의 뭄바이행 항공권을 구입했다. 모하메드의 아내는 예멘에서 나흘을 예멘에서 뭄바이를 거쳐 말레이시아까지 이틀을 여행하고 엿새만에 말레이시아에 도착했다.

아버지의 희생과 도움, 모든 친구들의 지원은 모하메드에게 결코 잊을 수 없는 고마움이었다. 결국 모하메드는 오랫동안 떨어져있던 그의 아내를 만나게 되었다.

레한이 인도의 뭄바이 공항에서 쿠알라 룸프까지 타고온 항공기는 낮 12시 정각에 도착했다. 세 시간이 지나서야 레한은 쿠알라 룸프 국제 공항의 출입국 관리 사무소로 들어갈 수 있었다. 모하메드는 필요한 서류들을 준비하고 기다리고 있었다. 레한이 출입구로 나올 때, 레한은 모하메드를 보았고 모하메드는 레한을 보았다. 레한의 눈에서도 모하메드의 눈에서도 눈물이 쏟아져흘렀다. 레한은 모하메드를 다시 만날 수 있다는 사실이 믿기지 않았다. 모하메드도 마찬가지였다. 레한은 모하메드를 향하여 모하메드는 레한을 향해서 서로 달려갔고 끌어안았다. 레한은 모하메드가 곁에 있다는 사실에 안도감과 든든함을 느꼈고, 모하메드는 레한 곁에서 따뜻함과 안정감을 느꼈다. 만감이 교차하는 순간이었다.

레한이 도착하기 전에 모하메드는 아주 작은 집을 빌려두었다. 작은 침실과 작은 거실 그리고 화장실과 부엌이 있는 집이었다. 한 달에 600링깃이었는데 미화 150달러에 해당한다. 레스토랑에서 일하며 받는 한달 급여의 절반이다.

우리가 받는 급여는 노동자 한 개인의 노동가격이다. 가족의 생계를 기준으로 계산되지 않는다. 개인의 노동으로 한 가족의 생계를 유지하는 것은 불가능한 일이다. 대한민국에서 청년들이 결혼을 할 수 없는 이유이기도 하다.

And this amount is considered expensive for the salary I received.I tried as much as possible to spend the rest of the salary (600 Malaysian Ringgit, equivalent to 150 US dollars) on basic life expenses and needs such as food (vegetables, fruits, meat and other eating needs) as well as electricity, water and gas bills Internet and mobile phone credit.

Because of all these expenses, I could not save any money, but on the contrary, I needed more money for some additional expenses such as going to the hospital, transportation, or any emergency matters that might happen to us.

I asked the owner of the restaurant for a salary increase, as I had spent a whole year working for him, but he refused, and this was a kind of ex-ploitation of me because I was not authorized to work. I was looking for another job so that I might find a better job in another place, but the prob-lem of not allowing me to work in Malaysia or obtaining a permit to prac-tice the profession or a work visa was an obstacle in front of me always, not only me, but all Yemeni refugees residing in Malaysia.

When the owner of the restaurant found out that I was looking for an-other job because he did not give me an increase in salary, he decided to increase my salary from 1200 Malaysian Ringgit to 1400 Malaysian Ringgit (my salary was equivalent to 300 US dollars, then 350 dollars, US) The increase in salary became 200 Malaysian Ringgits or money equivalent to 50 US dollars.

모하메드가 받는 급여에 비해서 상당히 비싼 숙소인 것은 맞지만, 두 사람이 생활하기에 최소한의 공간이기도 하다. 급여의 나머지 600링깃, 미화 150달러로 기본 생활을 유지해야 했다. 채소와 과일 등 식료품도 사야하고 전기, 수도, 연료에도 비용이 지출되어야 한다. 통신 요금도 반드시 지출되어야하는 품목이다.

이 모든 비용들 때문에 저축은 꿈도 꾸지 못할 일이었다. 저축은커녕 더 많은 비용 지출이 기다리고 있었다. 병원비와 교통비를 비롯한 여러 응급 상황들이 발생할 수 있기 때문이다.

모하메드는 레스토랑 사장에게 급여 인상을 요청했다. 그를 위해 거의 한 해를 일했으니 그럴 수 있다고 생각한 것이다. 하지만 그는 거절하였다. 모하메드가 법적으로 허용된 노동을 하고 있는 것이 아니기 때문에 이러한 착취는 당연하게 여겨졌다. 다른 직장, 더 나은 일을 구하려고 찾아다녔지만 언제나 말레이시아에서는 합법적으로 일을 할 수 없다는 것이 문제였다. 말레이시아에 거주하고 있는 모든 예멘 난민들의 문제였다.

급여를 인상해주지 않았기 때문에 다른 일자리를 알아보고 있다는 것을 알게된 레스토랑 사장이 결국 1200링깃에서 1400링깃으로 인상해주기로 했다. 미화 300달러에서 350달러로 인상된 것이다. 인상분인 200링깃은 50달러에 해당한다.

50달러 인상, 그나마 모하메드가 다른 직장을 구하지 않았다면 주어지지 않았을 급여인상이다. 레스토랑 사장은 모하메드가 필요했지만 모하메드의 급여는 인상해주고 싶지 않았고, 인상해주지 않아도 모하메드는 일할 수밖에 없다고 생각했던 것이다. 그런데 막상 모하메드가 일을 그만둘지도 모른다고 생각하자 모하메드의 급여를 인상해주었다. 아무 말도 하고 있지 않으면 이 자그마한 권리도 얻어벌 수 없는 것은 서글픈 일이 아닐 수 없다.

It was sad and frustrating for me as I always work with full energy and do all the work assigned to me.

But I had no other alternative, so I accepted to continue working and accepted that very small increase in my salary.

모하메드는 슬펐고 좌절감에 빠졌다. 언제나 온 힘을 다해 일을 했는데, 할당된 모든 일을 다 마쳤는데, 그렇게 고생한 맷가가 한 달에 300달러이다. 일년을 그렇게 죽을 힘을 다해 일을 했는데 고작 50달러가 인상되었다. 하지만 다른 선택지가 없었다. 일은 계속 해야 했고, 모하메드는 이 작은 인상분을 받아들일 수밖에 없었다.

말레이시아의 평균 월급은 2,000링깃에서 2,500링깃 정도라고 한다. 그런데 인상된 모하메드의 월급은 350링깃이다. 15% 정도이다. 노동의 불법화로 사장은 최소 1,700 링깃을 축적할 수 있다. 해외 이주 노동이 모두 이와같지는 않을 것이다. 노동의 불법화는 노동의 합법화라는 조건을 통해서만 가능하다. 합법적 노동이 없다면 불법적 노동도 존재할 수 없다. 노동의 계급화를 통해 노동은 분절되고 노동자는 단절된다. 노동의 합법화와 불법화는 자본의 이윤 축적에 양날의 칼이다.

United Nations High Commissioner for Refugees

And one day, during my work, I received a call from the office of the United Nations High Commissioner for Refugees, informing me of an interview appointment for me and my wife.

Indeed, we went to the Office of the High Commissioner for Refugees of the United Nations for Human Rights, on the day, date and time specified for us, and the interview was conducted with us, and they took all the information, documents and evidence required from us, and we were given cards for each of us, stating that The holder of this card has applied for asylum in Malaysia, and is in temporary residence.

After that, I asked them: - Have we been accepted as asylum? They answered: - No

I asked them : Have we been accepted as humanitarian asylum? They answered: No

I asked them : Can we officially reside with this card in Malaysia? They answered: No

I asked them : Can we work officially in Malaysia with this card? They answered: No

I asked them: Can we obtain health services such as health insurance? They answered: No.

I asked them : Can we obtain educational services such as going to public schools and universities? They answered: No.

유엔 난민 고등 판무관의 피난자 카드

어느날 모하메드는 일을 하고 있는 도중에 유엔 난민 고등 판무관 사무실의 전화를 받게 되었다. 모하메드와 레한의 인터뷰 요청이 있다고 전해 주었다. 인터뷰가 약속된 일시에 맞춰 모하메드와 레한은 유엔 난민 고등 판무관 사무실을 찾아갔다. 인터뷰가 진행되었고, 모하메드와 레한으로부터 얻을 수 있는 모든 정보와 기록들과 증거들을 수집했다. 그리고 나서 카드가 한 장씩 주어졌다. 카드를 지니고 있으면 말레이시아에서 피난자로 임시 거주를 인정받을 수 있다고 알려주었다.

이제 모하메드가 질문할 차례이다.

- 우리가 피난자로, 난민으로 받아들여진 겁니까?
- 아닙니다.
- 그러면 인도적 체류허가를 받는 것인가요?
- 아닙니다.
- 우리가 이 카드를 가지고 공식적인 체류가 가능한 것인가요?
- 아닙니다.
- 우리가 이 카드로 공식적인 노동을 할 수 있는 건가요?
- 아닙니다.
- 건강 보험과 같은 의료혜택은 받을 수 있나요?
- 아닙니다.
- 공립학교나 대학과 같은 교육서비스는 가능한 것인가요?
- 아닙니다.

Here I stopped for a moment about the questions and I was thinking for a while, then I asked them and told them I am sorry, but this is the last question:

What kind of protection, assistance or support can we get when we have these cards with us (the asylum application registration cards with the High Commissioner for Refugees, which in turn is affiliated with the United Nations Human Rights Organization)??

They told me that if you or one of your family members were walking in the street and you got any problem, such as the expiration of your residence visa or someone assaulting you, or you were found at a work site and you did not hold a work visa or work permit and you were arrested By the Immigration and Passport Police or from the regular police, and you are admitted to prison, after two or three weeks, a lawyer will be appointed for you by us to defend you in fount of the Malaysian judiciary.

I told them: When I am in trouble or in prison, can you send me a lawyer after two or three weeks to defend me in front of the Malaysian authorities or the Malaysian judiciary!!!! This is the only thing your card can do for me and my family !!!???

Later I knew that Malaysia is one of the few countries that has not signed the United Nations Charter on Human Rights, and there is no agreement that Malaysia is bound by the international community.

And I was even more surprised when I knew that Malaysia has laws that preserve animal and plant rights, and there are no clear laws that preserve the rights of the human refugee to it.

모하메드는 순간 질문을 멈추었다. 모든 질문에 그들은 아니라고 죄송하다는 대답만 반복하였다. 잠시 생각에 잠긴 후 마지막 질문을 던졌다.

- 우리가 이 카드를 지니고 있을 때, UN 난민 고등 판무관에서 피난자로 등록해준 이 카드, UN 난민 인권 위원회가 보증하는 이 카드를 지니고 있을 때, 어떤 종류의 보호나 지원을 받을 수 있는 건가요?
- 당신이나 당신의 가족이 길을 걷다가 폭행을 당하거나, 비자 만료와 같은 문제가 발생하거나, 취업 비자나 취업 허가증 없이 일하던 직장에서 어떤 문제가 벌어졌을 때, 그래서 이민청이나 일반 경찰에 체포되었을 때, 2-3주 후 말레이시아 사법부에서 선임한 국선변호사를 만날 수 있습니다.
- 내게 문제가 생기거나 감옥에 있게 되면 그때 말레이시아 당국이나 법정에서 변호해줄 변호사를 2-3주 후에 보내준다! 그게 여러분의 카드가 나와 내 가족을 위해 해 줄 수 있는 전부라는 건가요?

나중에 모하메드는 말레이시아가 유엔 인권 협약에 서명하지 않은 몇 안 되는 국가들 중 하나라는 것을, 말레이시아는 국제 공동체의 일원이 되는 것에 동의하지 않은 것이라는 것을 알게 되었다. 더 큰 놀라움은 말레이시아에는 동물과 식물의 권리를 보호하는 법이 있으며, 그에 반하여 인간인 난민의 권리를 보호하는 법은 전무하다는 사실이었다.

동물권과 생명권은 보통 인권의 확장으로 이해된다. 인권이 보장되고 나면, 동물권에 눈을 돌리고 식물을 비롯한 생명체 하나하나에 의미를 부여하게 된다. 국가 경계 안의 국가 소유 혹은 국가 책임이 인정되는 한에서 그러하다. 모하메드가 놀랐던 것처럼 국가 경계를 넘어온 난민에게는 해당되지 않는다. 그러나 국가와 달리 동물권을 부르짖는 사람들은 난민의 인권을 위해서도 부르짖는다. 보호해야 할 생명에 대한 책임을 주장하는 것은 국가가 아니라 사람들이다. 사람들의 요구가 있어야 한다.

My wife and I took the asylum registration application cards and we thanked the staff and left the office and when we got out we found that everyone who came with us got the same as we did.

There was no refugee or humanitarian situation or anything else, and through everyone there talking about the reason, we knew from some employees there that Malaysia is one of the countries that is not among the signatories to the United Nations Charter on Human Rights, and that it did not even recognize the Office of the High Commissioner for the rights of refugees at that time, so it does not commit any responsibility towards the refugees.

And to be honest, there were some exceptions and some privileges from the Malaysian government and the Office of the High Commissioner for Refugees of the United Nations for human rights were obtained by some nationalities such as The High Commissioner for the Rights of Refugees registers asylum seekers from the Rohingya Muslim minority who are persecuted by the government of their country, Myanmar. The Malaysian government accepts them to live temporarily in Malaysia and allows them to work and obtain some medical and educational services.

There are also some refugees of nationalities that used to obtain part of these services, such as Syrian, Iraqi, Somali and Palestinian nationalities.

레한과 모하메드는 피난자 등록 신청 카드를 받았고 고맙다는 인사를 하고 사무실을 떠났다. 유엔 난민 고등 판무관 사무실을 나서고나서, 예멘에서 함께 온 사람들 모두 그러한 절차를 거쳤다는 것을 알게 되었다.

난민이 아니었다. 인도적 체류 허가를 받은 것도 아무것도 아니었다.

이유를 말해줄 수 있는 사람은 함께 일하는 고용인들이었는데, 그들이 말해준 바에 따르면, 말레이시아는 유엔 인권 헌장에도 서명하지 않은 국가들 중 하나였다. 게다가 난민 인권을 위한 고등 판무관을 인정하지도 않고 있었다. 난민에 대한 어떠한 책임도 수행하지 않는 국가가 말레이시아였다.

솔직하게 말해서, 말레이시아 정부로부터 몇가지의 예외와 특례들이 있었다. 인권을 위한 유엔 난민 고등 판무관 사무실을 통해 국적 관련 정책을 시행하고 있기는 했다.

고등 판무관이 미얀마 정부에 의해 박해받는 소수민족 로힝야족 출신의 무슬림 피난자들을 등록하면, 말레이시아 정부는 일시적 체류를 허용하면서 노동을 허가하고 일부 의료 및 교육 서비스도 받을 수 있게 하고 있다. 하지만 이러한 서비스는 단지 시리아, 이라크 소말리아, 팔레스틴 국적 출신의 난민들에게만 적용된다.

And for us, as Yemenis, we can live in Malaysia with a residence visa that we buy every three months or every six months if they are individuals, and if they are a family consisting of a husband and wife, and if they have children with them, they can buy a residence visa for a year.

The problem is that the visa prices were very expensive for us, because we did not have a source of income to pay.

And the other problem is that the work was not allowed to us, and if we work in a place, this is considered a very big risk, as it is considered a violation that takes you to prison and pay financial fines, and after you are imprisoned and pay financial fines, you will be deported on your personal account to another country that may You will not be accepted or kept in Malaysian prisons.

But with all that, we accepted to live in this disturbing atmosphere because it is considered much safer than Yemen, and we had no other place to turn to.

예멘 출신 예멘 사람들에게는 체류 비자만 발급된다. 체류 비자는 노동의 권리 없이 단지 말레이시아에서 살아갈 수는 있는 비자이다. 개인의 경우 3개월 단위로, 6개월 단위로 비자를 위한 경비를 지불해야 하며, 가족일 경우에는 1년 단위로 비자를 구매해야 한다.

문제는 비자 가격이 너무나 비싸다는 것이다.
지불하기 위해서는 벌이가 있어야 하는데,
벌이를 위한 노동이 금지되어 있다.

노동이 허락되지 않음으로 인해서 발생되는 또 다른 문제는 작업장에서 일한다는 것 자체가 큰 위험일 수 있다는 점이다. 법에 위반되는 사항이기에 교도소에 갈 수도 있고, 벌금을 지불해야 할 수도 있다. 일단 투옥이 되거나 벌금을 지불하게 되면 다른 나라로 추방되어 다시는 입국이 불허되거나 말레이시아 교도소에 계속 있어야만 했다.

하지만 이 모든 불이익에도 불구하고 말레이시아에서 살아가야 했다. 갈 수 있는 다른 곳이 있는 것도 아닌 상황에서 최소한 예멘보다 훨씬 더 안전했기 때문이다.

The Gift from God

The days passed, and suddenly my wife began to feel tired, exhausted and sick, the disease intensified. I took her to a private hospital near us, and there we found out the cause of her illness, exhaustion and fatigue. The doctor told us that my wife is pregnant in the second month.

We were so happy that one of our dreams came true and we were so happy that a new baby joined our little family and in our little life I felt that all the troubles of life that I went through had disappeared.

We went to the doctor monthly to monitor the child's growth, and the doctor told us: Do you want to know the gender of the fetus? We told him for sure and he told us do you want a girl or a boy. We told him we wanted both.

The doctor laughed and told us that the baby's gender would be male and told us that the baby's health was very good and told us that we should visit the hospital monthly to check on the baby's health.

Days, weeks, and months passed and we visited the doctor monthly, and that cost a lot of money, and because we were not allowed to obtain health insurance, we paid all the costs out of our own pocket.

신의 선물

시간은 흘러갔다. 어느날 갑자기 레한이 피곤을 느끼기 시작했다. 기진하고 아픈 기색이 역력했다. 병세가 점점 심해졌다. 근처의 개인병원을 방문해서 아프고 기운이 없고 피곤한 이유를 알아보기로 했다. 의사는 임신이라고 두 달 되었다고 말하였다.

모하메드와 레한은 너무나 행복했다. 두 사람의 꿈 중 하나가 이루어졌다. 새 아이가 태어나 작은 가족을 이루게 되다니, 보잘 것 없는 생활이지만 모든 것이 사라져간 험한 삶이었지만 너무나도 행복했다.
하루는 의사가 두 사람에게 물어보았다.

- 태아의 성별을 알고 싶으신가요?
- 예 알고 싶어요!
- 여자 아이를 원하세요 남자 아이를 원하세요?
- 둘 다 원합니다.

의사는 웃으며 아마 남자 아이일 것이라고 말해주었다. 태아의 건강은 아주 양호하다며 반드시 정기적으로 아이의 건강을 체크해야 한다고 하였다.

날이 지나고, 주가 지나고, 달이 지났다. 매달 의사를 방문하였다. 비용이 너무 많이 들었다. 건강보험이 없었기 때문이다. 한 달에 한 번 정기적으로 의사를 찾아가 아이의 성장을 지켜보았다. 수중에 있던 모든 돈이 병원비로 지출되었다.

This affected me in a very, very big way on my very weak financial budget, because the sources of income were very weak and the only source of income was the illegal work in the restaurant.

It was making me think all the time I want to have safety permanently, yes I was thanking God for safety from war because that was the most important thing for me.

But I wanted to obtain health security, educational security, job security, community safety, psychological security, for me and my family, and I did not get that in Malaysia.

Days, weeks, and months pass, and the time for the birth of our beloved child, whom we name Hamza, comes, this child who made our family consist of three members, this child who, when he was born, vanished in my eyes, heart and body all the troubles I faced.

My wife and my son Hamza sat in the hospital for three days and then we went out after that, and the hospital bill was very very expensive, as the hospital bill amounted to about two thousand US dollars, since we first became aware of my wife's pregnancy, and that was very expensive for our budget.

We have become completely bankrupt, and we are also thinking that if any emergency happens now, we have no money to cover the costs of the emergency.

살림은 더욱 쪼들리게 되었다. 열악한 재정 상황에서 병원비의 지출은 너무나 큰 부분이었다. 수입원이 불안정했고, 벌 수 있는 유일한 방법은 레스토랑에서 일하는 불법노동뿐이었다.

안전의 지속성, 항상 그 방법에만 골몰하게 되었다.

- 그래, 신께 감사해야지.
- 전쟁에서 벗어나 있는 생명의 안전, 그것만으로도 감사해야지.
- 그게 가장 중요한 일이니까.

하지만 건강의 안전, 교육의 안전, 노동의 안전, 공동체의 안전, 심리적 안전이 필요해졌다. 모하메드 자신과 가족을 위해서 말레이시아에서는 이 모든 안전을 구할 길이 없었다.

날이 가고 달이 가고 시간이 흘러 사랑스러운 아이가 태어났다. 이름을 함자라고 지었다. 이 아이가 태어남으로 세 사람으로 구성된 가족이 되었으니까. 이 아이가 태어남으로 직면한 모든 어려움들이 눈과 마음과 몸에서 사라졌으니까.

레한과 함자는 사흘 동안 병원에 머물렀다. 그리고 나서 퇴원하는 날, 병원비가 너무너무 많이 청구되었다. 미화 2천 달러에 해당하는 비용이었다. 모하메드는 아내의 임신을 알게 된 순간부터 예산을 초과하는 비용이 지출될 거라는 것을 예상하고 있었다.

완전한 파산 상태에 이르게 되었다. 이제 어떤 응급상황이 벌어진다 해도 응급 상황에 대처할 자금이 전혀 남아있지 않은 상황이었다.

함자는 신의 선물이었을까? 함자의 탄생으로 모하메드와 레한은 신혼 부부에서 이제 아이까지 있는 가족이 되었지만, 그것이 모하메드와 레한에게 정말 큰 행복이었지만, 동시에 함자의 탄생으로 지출된 비용들이 그들을 파산에 이르게 하지 않았는가?

The days pass, and the harsh conditions continue in Malaysia, but with the presence of our little Hamza, I forgot all the pain, aches, and the difficult and harsh conditions.

I worked hard, diligently and patiently. I smiled in the most difficult circumstances because I love to smile. I want to show strength, steadfastness, courage and happiness to my wife and child.

But my dear wife (life partner) was feeling all the aches and pains that I had.

Because every day when I come home I go to the bathroom to shower and then go to bed to sleep and during my sleep my wife was massaging my body and I was feeling pain in all parts of my body, I was making sounds of pain and pain without feeling, but my dear wife was She feels the pain and pain in me and she was crying all night and I could hear her crying and that made me feel more pain.

And life goes on despite all the troubles and the hardships we faced.

시간이 흘러갔고, 말레이시아에서의 혹독한 상황도 계속되었다. 개선의 여지가 없었다. 하지만 귀여운 함자를 보고 있노라면, 어떤 고통이든 아픔이든, 힘들고 모진 여건들도 모두 잊을 수 있었다.

모하메드는 더 힘들게 더 열심히 모든 것을 참으며 일했다. 가장 어려운 환경 속에서도 웃음을 잃지 않았다. 웃음을 사랑했고, 아내와 아이에게 강함과 안정감과 용기와 행복을 보여주고 싶었기 때문이다.

모하메드가 애써 미소를 지어도 삶의 동반자인 모하메드의 아내 레한은 모하메드의 고통을 함께 느끼고 있었다.

매일 집에 돌아와 화장실에서 샤워를 마치고나서 잠자리에 들면, 모하메드가 자는 동안 레한은 내내 지친 모하메드의 몸을 마사지해주었다. 모하메드의 몸 구석구석에서 토해내는 고통과 신음을 레한은 마사지하며 모두 느끼고 있었다. 밤새 마사지하며 흐느끼는 그녀의 울음을 잠결에 들으며 모하메드는 더 깊은 고통을 느껴야 했다.

모든 문제와 어려움이 닥쳐와도 삶은 계속된다.

모든 문제와 어려움이 닥쳐와도 삶은 계속된다. 처절한 삶의 고백이다. 나 역시 모하메드와 같은 고백을 할 수밖에 없다. 모든 사람들이 마찬가지일 것이다. 경제적 어려움은 삶을 지탱하기 힘들게 한다. 그럼에도 불구하고 삶을 포기할 수 없는 것은 해야 하는 일이 있기 때문이다. 갚아야 할 빚이 남아 있고, 보살펴야 할 가족이 있으며, 이러한 책임을 감당하기에는 너무 작은 수입이지만 그래도 일이라도 할 수 있으니 삶은 계속 지탱할 수밖에 없다. 혼자라면 삶을 포기했을 터이다. 삶을 포기하지 말라고 가족이 있는 것이라면, 이것이 신의 선물인 걸까 징벌인 걸까?

But one day, while I was out of work and heading home, I took the back road as usual in order to be out of the sight of the Passport Police and the General Police so that they would not know that I was working illegally.

I found out that there was a group of thieves following me who wanted to steal anything with me and that was because the road was not safe and it was very late, about two in the middle of the night.

I didn't have anything valuable that I was afraid they would steal from me, but I felt threatened by that gang because they weren't conscious.

And because I love sports and I love to run, I ran with great force and I ran away from them to safety and they could not catch me because of my high speed and that was my good luck.

Actually, my speed increased due to the great fear that this gang would do anything bad to me. I was thinking of my dear wife and my infant son, who did not complete his fifth month.

I was running until I felt myself flying,
I was very sad because no one could or wanted to help.

Even the police can't or want to intervene, and even if they did, I would be the only one who lost.

어느날, 일터에서 나와 집으로 향했을 때 모하메드는 언제나처럼 불법 노동을 들키지 않으려고 이민청 경찰과 일반 경찰들의 눈을 피하기 위해 뒷골목으로 걷고 있었다.

모하메드는 한 무리의 강도들이 뒤를 따라오고 있음을 알게 되었다.

훔쳐갈 것도 없을 텐데.
밤길은 늦은 밤길은 안전하지 않았다.
한 밤중이었고, 거의 두 시쯤이었다.
잃어버릴 것도 털릴 것도 없으니 도둑맞을 걱정은 없다.
하지만 아무것도 가진 게 없다는 걸 그들이 알 리가 없다.
위협을 느꼈고 두려워졌다.

평소에 스포츠를 좋아하고 달리기를 좋아하던 모하메드는 있는 힘을 다해서 달리기 시작했다. 그들을 피해 그들이 따라잡을 수 없는 안전한 곳으로 달아나야 한다. 전속력을 다해서, 행운을 빌면서 계속 달렸다.

갱들이 해를 끼칠 것이라는 두려움이 컸기에 속도가 점점 빨라졌다. 달리면서 아내 레한과 아직 다섯 달을 채우지 못한 어린 아들 함자를 생각했다.

스스로 날아가고 있다고 느낄 만큼 힘껏 달렸다. 도와 줄 수 있는 사람도 도와주고 싶어할 사람도 없다는 것이 너무나 슬펐다.

심지어 경찰들도 끼어들 수 없고 끼어들어 도와주려고 하지도 않을 것이다. 그들이 나를 멈춰세운다 한 들 그들의 눈에 모하메드는 그저 갈 길 잃은 한 사람일 뿐이리라.

Anyway, when I got home, I told my wife everything that happened to me on my way home from work. In these moments, my beloved wife told me, to be more careful, because if a gang of Chinese, Indian or Malaysian mafia gangs were exposed to me and spread in abundance, they would harm me, or if the passport police or the ordinary police arrested me because of my illegal work in the restaurant, it I will harm not only me but my family (my wife and my son).

Here I began to worry a lot, and nightmares began to come to me from time to time, what would happen to me and my family from bad things, we did not feel completely safe.

And because of all these problems and obstacles in our daily life in Malaysia, I thought of looking for another safer place for me and my family, so I started looking for countries that allow us, as holders of Yemeni citizenship, to enter their lands legally.

I knew that there were 75 countries that allowed Yemenis to enter without a visa or with a visa from the airport or with an entry stamp only, but all of that was before Yemen entered the war and destroyed it completely.

But now the countries that allow us as Yemeni citizens to enter their lands are very, very limited, their number hardly exceeds the number of fingers on one hand.

And when searching for the nearest country to Malaysia via Google on the Internet that allows us to enter it. I found that Jeju Autonomous Province in the Republic of South Korea allows us to enter it with a tourist visa.

어쨌든 그렇게 겨우 모하메드는 집에 도착했다. 아내에게 일터에서 집까지 오는 동안 있었던 일을 얘기했을 때, 레한은 조심해야 한다고 말하였다.

- 중국인 갱들과 말레이시아 마피아들이 당신에게 접근하고 당신을 해친다면, 당신만 해치는 게 아니예요.
- 경찰들이 레스토랑에서 불법적으로 일한다고 당신을 체포해간다 해도 당신만 처벌하는 것으로 끝나는 문제가 아니예요.
- 당신이 해를 입는다는 것은 저와 함자 우리 가족 모두가 해를 입는 거예요. 그러니 특별히 조심해야 해요.

이 일로 모하메드는 큰 걱정에 빠지게 되었다. 시시때때로 악몽이 찾아오기 시작했다.

- 나에게 닥칠 일들은 내 가족에게도 미칠 일들이다.
- 우리는 안전하지 않다.

말레이시아에서 계속되는 이러한 문제들과 어려움들로 인하여 모하메드는 가족과 함께 보다 안전할 수 있는 더 안전한 다른 곳을 물색해야 한다고 생각하게 되었다. 예멘 시민이라는 것이 인정되고 법적으로 안전한 곳으로 받아들여줄 수 있는 그런 나라들을 찾아보기 시작했다.

비자 없이도 예멘 사람을 받아줄 수 있는 나라가, 최소한 여행 비자나 입국 승인만으로 출입국이 가능한 나라가 75개국 정도 되는 것으로 알고 있었다. 하지만 그것은 예멘이 전쟁이 돌입하기 전의 일이다. 그러한 상황은 완전히 달라져 있었다. 이제 예멘 사람의 입국을 허용해주는 나라들은 매우 매우 제한적이었다. 다섯 손가락으로 꼽을 정도에 불과했다.

말레이시아에서 가장 가까운 나라들부터 검색해나갔다. 인터넷의 구글을 통해 입국할 수 있는 그런 곳을 찾기 시작했다. 그렇게 검색한 곳이 대한민국의 제주도였다. 여행 비자만으로 입국이 가능한 국제자유도시 제주도.

And after searching more and more, I remembered many things about Jeju Island from my university friends in Yemen when they were talking to me about it and through that South Korean drama that I was watching on Yemeni and Arabic TV channels, which was called JEWEL IN THE PALACE (대장금).

Because many of the scenes of the drama were shown on the beautiful island of Jeju, as my Korean friends at university used to tell me, and they also told me about the capital, Seoul, Busan, and many other cities.

검색을 계속하면서 제주도와 관련된 많은 기억들이 떠올랐다. 예멘에 있던 대학 친구들로부터 들었던 이야기들이었다. 한국 드라마를 통해서도 보았던 기억이 났다. 예멘과 아랍의 TV 방송에서 한국 드라마 대장금을 "궁 안의 보석"이라는 제목으로 방영한 적이 있었고 모하메드도 그 드라마를 봤었다.

드라마의 많은 장면이 아름다운 제주 섬을 보여주고 있었다. 대학에 있을 때 한국인 친구들이 한국의 수도 서울과 부산 등 여러 도시들에 대한 이야기도 들려주었었다.

Foward the Beautiful Island, Jeju

I was very optimistic about traveling to the beautiful island of Jeju in South Korea, but there were some obstacles, the most important of which was the lack of sufficient money to pay the amounts of travel tickets and the balance of travel bags and other official transactions to get out of Malaysia and travel to Jeju Island, South Korea.

And all of this was because only a few days ago, I had officially paid the value of the residence visa in Malaysia for a year for three members, the number of my family, me, my wife and my child Hamza, and it cost me a lot, and before that, I paid the hospital the entire birth expenses, and that made My financial budget is zero.

In this case, as usual, my beloved wife intervened and gave me all the gold she had left as a wedding gift, and she only had the wedding ring left, and she said to me, O Muhammad, take this gold and sell it in full.

I was very sad and my eyes were teary because I knew how much my wife loved that gold because it was considered one of the most important memories of our marriage, and when I told her about that, she said to me ((the wedding ring is with me and you are with me and my son Hamza is with me and that is enough)).

아름다운 섬 제주를 향하여

모하메드는 아름다운 섬 제주로 가는 것에 대하여 상당히 긍정적으로 검토하게 되었다. 하지만 몇 가지의 문제가 남아있다. 가장 중요한 것이 여행 티켓을 구매할 돈이 충분치 않다는 점이었고, 이외에도 적정한 여행 가방들이 필요했고, 말레이시아를 떠나 남한의 제주도로 가는 공식적인 절차도 난관이었다.

사실 떠날 계획을 세우기 며칠 전에 모하메드는 세 가족의 1년 체류를 위한 말레이시아 체류비자를 구매했었다. 비용이 상당했다. 병원비와 출생 비용으로도 이미 많은 지출을 했기에 재정 상태는 완전한 제로 상태였다.

이런 상황에서 모하메드의 사랑하는 아내 레한이 개입하였다. 결혼 예물 중 남아있던 금 모두를 꺼내들었다. 결혼 반지 하나만 남겨둔 전부를 모하메드에게 건네면서 모하메드의 아내는 말하였다.

- 오, 나의 모하메드. 이걸 가지고 가서 처분하세요. 그걸 팔아서 보태야 해요.

모하메드는 너무나 가슴이 아파서 눈물을 글썽였다.

- 당신이 간직한 우리의 결혼을 추억하는 그 소중한 금을 당신이 얼마나 아끼는지 내가 아는데, 어떻게 그걸 팔 수 있겠어요?
- 결혼반지가 남아있잖아요. 결혼반지가 나와 함께 있고, 당신이 나와 함께 있고, 우리 아들 함자가 나와 함께 있는데, 그것으로 충분해요.

And when we took the gold and went to the gold market and sold the gold, we found the money was still not enough to travel, I received the salary for that month, and I borrowed some money from friends and anyone I know so that the amount of travel with me is complete.

I went to the Air Asia office to buy airline tickets for me, my wife and our child Hamza, because it was the only direct airline from the Malaysian capital, Kuala Lumpur, to Jeju Island, South Korea, and for other airlines, they must go to South Korean cities such as the capital, Seoul or Busan, and Because you cannot enter South Korea if we reach the mainland because we hold Yemeni citizenship, but to Jeju Island we are allowed to enter, and because of that, direct airline tickets from Kuala Lumpur to Jeju on Air Asia were very, very expensive.

We bought round trip tickets from Kuala Lumpur to Jeju, and completed all the official paperwork required to leave Malaysia and enter Jeju, such as hotel reservations, the tourist program and other required papers.

I remember that the day before we traveled, my wife and I did not sleep. I don't really know why, I think, because of the pressure, overthinking, tension, confusion, worries, and the psychological and nervous state we were going through.

결국 금을 시장에 내다 팔았지만 여행 경비로는 충분치 않았다. 이번 달 월급을 받았고 친구들과 몇몇 지인들에게 돈을 빌려야했다. 그렇게 여행준비가 갖춰졌다.

모하메드는 에어 아시아 사무소로 가서 자신과 아내와 아이 함자를 위한 항공권을 구매했다. 말레이시아 수도 쿠알라 룸프에서 대한민국의 제주 섬으로 가는 유일한 직항편이었다. 다른 항공편들은 대한민국의 수도 서울이나 부산과 다른 도시로 가는 것이었다. 예멘 국적 신분으로는 대한민국에 입국할 수 없기 때문에 제주가 아닌 다른 곳으로는 갈 수 없었다. 제주가 입국이 허용되는 곳이었고, 그런 이유로 쿠알라 룸프에서 제주로 가는 에어 아시아의 직항편은 비용이 매우 매우 비쌌다.

게다가 왕복 항공권을 구매해야 했다. 그래야 말레이시아를 떠나 제주로 가면서 요구되는 호텔 예약, 관광 프로그램, 그 외에 요구되는 모든 공식 서류들을 완성시킬 수 있기 때문이다.

세계 평화의 섬, 제주 국제 자유 도시는 이렇게 국가 경계에 균열을 일으키는 틈이 되었다. 자본과 사람의 이동이 자유로운 국제자유도시. 사실 국제자유도시를 표방한 제주의 속내는 자본 축적을 위한 것이었다. 자본이 들어오고 자본을 가진 사람들이 들어와 자본을 소비하는 그렇게 외화벌이 관광을 특화할 수 있는 국제자유도시를 원했던 것이리라. 하지만, 국가 경계의 틈은 난민의 유입을 가능케 하였다. 그 틈을 통해 들어온 난민은 정부의 입장으로서는 예기치 못한 일이었을 것이다. 제주도정과 한국정부가 예멘 난민의 제주 입국 이후 서둘러 국제자유도시의 노비자 입국을 중단하지 않았던가?

모하메드는 기억하고 있다.

출발 전날 잠을 이룰 수 없었던 그 밤을.

아마 여러 상념들, 긴장감, 혼란, 이러저러한 걱정들, 심리적으로 불안한 신경 상태 때문이었을 것이다.

There was a lot of stress, fear and anxiety to be taken back from Kuala Lumpur or Jeju airport. At this moment my wife and I prayed a lot and asked God for help, our Lord, to make all things easy for us.

After those prayers, we felt a great sense of relief and prepared ourselves to move from the house at two o'clock in the after midnight . The taxi came and took us from our home in Kuala Lumpur and we moved to Kuala Lumpur airport. We arrived at three o'clock in the morning. We entered the departure hall. They asked us where you are traveling. We told them to Jeju Island.

They asked us some usual questions such as passports, residency, round trip tickets, hotel reservations, tour packages and other questions, then the boarding voucher was prepared and we were also stamped in our passports. Exit from Kuala Lumpur International Airport and we went out to the departure hall and waited for the arrival The flight was leaving, and it was all until five o'clock in the morning.

At five and a quarter in the morning we boarded the departure plane and at exactly six in the morning the plane took off from Kuala Lumpur International Airport heading to Jeju International Airport, during the take off of the plane I could see from the plane window and I rose a little from the ground, a reminder of many things.

쿠알라 룸프 공항에서 또 제주 공항에서 어떠한 일이 벌어질지 긴장과 두려움과 걱정이 가득했다. 이 순간 레한과 모하메드가 할 수 있는 일은 기도 밖에 없었다.

- 신이여, 도우소서.
- 주여, 우리를 편안케 할 모든 것을 준비해주소서.

기도를 하고 나니 마음이 진정되고 안심이 되었다. 자정이 지난 두 시경 이동할 준비를 하고 집을 나섰다. 택시가 왔고, 집에서 쿠알라 룸프까지 이동하였다. 쿠알라 룸프 공항으로 도착한 시간은 새벽 세 시였다. 출국장으로 들어갔더니 질문이 쏟아졌다.

- 어디로 여행하십니까?
- 우리는 제주 섬으로 갑니다.
- 여권은요?
- 거주지는요?
- 왕복 항공권인가요?
- 호텔 예약은 되어있나요?
- 관광 프로그램은 어떻게 되나요?

여러 질문과 대답이 오고가고 탑승수속이 준비되었고 여권에 도장을 받을 수 있었다. 쿠알라 룸프 국제 공항의 출구. 일행은 출국장을 나서서 떠날 예정인 항공기가 도착하기를 기다렸다. 새벽 다섯시가 다되어가고 있었다.

새벽 다섯시 십오분, 일행은 출발 항공편에 탑승하였고 정확히 여섯시에 비행기는 이륙하였다. 쿠알라 룸프 국제 공항을 떠나 제주 국제 공항을 향한 비행이 시작되었다. 이륙하는 비행기 창밖을 보며 모하메드는 많은 일들을 떠올렸다.

I remembered my work at Yemeni Airlines in Yemen, I remembered the departing and arriving planes, I remembered airports and airport transactions, I remembered many things from the happy and sad stages of my life.

I remembered my suffering and the suffering of my wife in Malaysia. I remembered all the difficult stages that we went through in Malaysia, from those pains in my body and people exploiting me in hard work.

And the dangers of controlling the passports police and the public police

And the dangers of gangs and the mafia.

I remembered the happy moments in Malaysia that made me love Malaysia and have all the love, favor, appreciation and respect for it. I always pray and pray day and night for Malaysia, the people of Malaysia and the Malaysian government, and everything in Malaysia made me feel happy, even for specific times. And a few of them, for example: When Malaysia opened its gates and I entered in an official way and I felt a great kind of safety, comfort and distance from the dangers of war, killing and imprisonment in my motherland Yemen.

Because many and many countries closed the doors in our face and even treated us as criminals.

예멘 항공사에서 일했던 순간들
항공편들을 떠나 보내던 일들
공항과 공항 업무들
행복했던 순간들
애환의 무대들

말레이시아에서 보낸 고통스런 날들
말레이시아에서 견뎌낸 육체적 고통들
어려웠던 순간들
힘든 일로 내몰았던 사람들
인색했던, 착취로 밖에 볼 수 없었던 노동 조건
비자 업무 담당자들과 경찰을 대하며 조마조마 두려워했던 일들
갱단과 마피아의 위험들

그리고 행복했던 순간들
말레이시아에서 받은 사랑, 호의, 존중, 감사

특정 기간이나마 입국을 허락해주었고
공식적으로 입국하여 안정과 위로 속에 예멘의 전쟁 위험과
조국 예멘의 죽음의 현장에서 멀리 떨어져있게 해주었던
말레이시아 사람들
말레이시아 정부
말레이시아의 모든 사정들

범법자 취급을 하며 면전에서 문을 걸어닫은 많은 나라들과 달리
말레이시아는 비자를 연장해가며 받아주었으니
감사할 따름이었다.

I thank Malaysia because there I met my beloved wife again after a long separation. I thank Malaysia and I love Malaysia because my first child, Hamza, was born in Malaysia.

I thank and love Malaysia because it allowed us to legally reside on its lands, and if not in a complete way, I thank and love Malaysia because of the nice and nice treatment of many Malaysians.

I thank and love Malaysia for the sincere, beautiful and kind way from the Office of the United Nations High Commissioner for Refugees Rights, and I fully understand that they could not help us due to many circumstances that were present during that period.

I thank and love Malaysia because it was the most important gateway to exit from it and move and enter the beautiful island of dreams and love Jeju in South Korea.

But frankly and honestly, when the plane took off and flew in the air above the clouds, I felt myself as a bird that had been trapped in a cage for a long time, then the cage was opened for me and I was freed from prison, and now I spread my wings and fly freely to the island of safety, hope and freedom. Love, Nature and Tranquility (Jeju).

- 감사합니다. 말레이시아에서 오래 떨어져 있었던 사랑하는 아내를 다시 만날 수 있었습니다.

- 감사합니다. 첫 아이 함자가 말레이시아에서 태어났습니다.

- 감사합니다. 말레이시아 땅에서 충분하고 완전하지는 않았지만 법적으로 거주할 수 있었습니다.

- 감사합니다. 많은 말레이시아 사람들이 친절을 베풀어주었습니다.

- 감사합니다. 진정성있고 아름다운 친절을 베풀어준 유엔 난민 고등 판무관 사무소는 도울 수 있는 것과 도울 수 없는 것을 분명히 이해시켜 주었습니다. 당면한 상황을 인지하고 대책을 강구할 수 있었습니다.

- 감사합니다. 가장 중요한 탈출구가 말레이시아에 있었습니다. 아름다운 꿈의 섬, 대한민국의 제주를 향한 탈출구를 열어주었습니다.

솔직한 심정 그대로 표현한다면,
비행기가 이륙하고 구름 위를 날아가고 있을 때,
모하메드는 오랜 기간 새장에 잡혀있다가 풀려난 새와 같은 느낌이었다.
모하메드를 위해 새장이 열린 것이다.
감옥에서 풀려난 자유,
날개를 펼치고 자유롭게
안전과 희망과 자유의 섬, 사랑과 자연과 평정의 섬, 제주로 날아가는 그런 느낌이었다.

Six hours of continuous travel in one flight from Kuala Lumpur to Jeju I was looking at my wife and smiling and laughing and she was also looking at me smiling and laughing and it was all without words, even when we were looking at our child he was smiling and laughing and the trip was very Splendor, beauty and happiness.

Until I saw Jeju Island from above the clouds as if it was the Garden of Eden filled with beautiful flowers and roses, so I said we have reached Jeju Island.

At that moment, the flight crew said that we had arrived at Jeju Island and that we should prepare to land and get off the plane, and the plane actually landed and stopped and we got off the plane and climbed on top of the bus to the arrival hall and got off the bus and were greeted by the passport officers and They told us that we must wait in the queue of foreigners. We said okay and we waited, and the queue was very long.

This was due to the arrival of several flights at the same time, and the plane that we arrived was filled with passengers of Korean nationality and a large number of Chinese nationals, and there were a large number of Yemeni nationals, about forty 40 people, As well as other European nationalities.

쿠알라 룸프를 떠나 제주로 향하는 비행이 시작된지 여섯 시간이 지나자 모하메드는 아내를 바라보며 미소를 짓고 활짝 웃었다. 모하메드의 아내 레한도 모하메드를 바라보며 미소 짓고 활짝 웃었다. 모하메드와 레한은 아이를 바라보며 미소 짓고 활짝 웃었다. 여정은 굉장한 아름다움과 행복의 순간이었다.

구름 사이로 제주 섬이 보였다.
아름다운 꽃들과 장미로 가득한 에덴동산 같았다.
모하메드는 소리쳐 말했다.

- 제주 섬에 다 왔다.

그 순간 승무원도 안내방송을 통해 말해주었다.

- 우리는 제주도에 도착했습니다. 착륙 준비를 해야 합니다.

드디어 비행기가 착륙하였다. 비행기가 멈춰섰고, 일행들은 비행기에서 내려 입국장으로 가는 버스에 올라탔다. 버스에서 내려 입국장에 들어서자 여권 심사원들이 반갑게 맞아주었다.

- 입국 심사를 위해 외국인들은 따로 줄을 서서 기다려야 합니다.
- 오케이

모하메드는 기다렸다.
행렬은 매우 길게 늘어서 있었다.
여러 대의 비행기가 거의 동시에 도착했기 때문이다. 모하메드네 가족이 탑승했던 비행기에는 한국 국적과 중국 국적 그리고 예멘 국적 사람들 40여 명이 타고 있었다. 유럽 국적의 사람들도 있었다.

Entering Jeju Island, South Korea

While we are waiting in the queue for the entry stamp for our passports, we were the last people arrived in the queue, so we were waiting at the end of the queue. At these moments, one of the passport officers looked at us and asked us: Are you one family? We answered yes. He asked us this baby how old he is. We told him he is only six months old.

In these moments, the passport officer opened a direct line for us to get out of the crowded queue and go directly to the passport officers counter. Then the passport officer told us, I opened this direct line for you because you are the only family on all the flights that arrived with a six-month-old baby, Then he told us we don't want you to wait long, we thanked him a lot, then we went to the passport officers counter.

At the passport control counters at Jeju International Airport, they checked our entire passports and checked the validity and integrity of our papers and made sure of our identity and that we were not violating any system.

대한민국 제주도 입국

모하메드 일행이 여권 입국 승인을 받기 위해 줄을 서서 기다리는 동안, 줄에 도착한 마지막 사람들이었기 때문에 행렬의 끝에 있었다. 그 때 여권 담당관 중 한 사람이 질문하였다.

- 한 가족인가요?
- 예 그렇습니다.
- 아이는 몇 살인가요?
- 이제 6개월 되었습니다.
- 그러면, 앞으로 나오세요. 혼잡한 줄에서 기다리지 말로 바로 가세요.

당당직원은 특별 창구를 열어주었고, 모하메드와 레한은 하잠을 안고 앞으로 나가 긴급히 마련된 특별 창구로 갔다.

- 도착한 항공편들 중에서 여섯 달된 아이와 함께 도착한 일행은 당신네 가족뿐입니다. 아이가 있는 가족이 긴 줄에서 오래 기다리게 하고 싶지 않아서 이 창구를 마련했습니다.
- 감사합니다. 정말 감사합니다.

제주국제공항의 여권 심사 창구에서는 여권 모두를 점검하고, 가지고 간 서류들의 유효성과 무결성을 확인하였다. 신원이 확실한지 어떤 위반사항은 없는지 꼼꼼히 살폈다.

Then the passport officer looked at us and smiled at us and told us all your papers were in order and stamped for us the entry stamp on Jeju Island, South Korea on 05/15/2018 exactly one o'clock in the afternoon, and said to us, "Welcome to the beautiful island of Jeju. We wish you a pleasant and happy stay." A full month (thirty days of legal stay in Jeju Island.

My wife and son and I went to collect our bags from the place designated for them, then we left Jeju Island International Airport we feel that we are very happy and overwhelmed with our hearts from the good reception and help and the beautiful smile and the kind deal and respect, because we Yemenis hope that People at airports have any kind of respect to us, because always when we go to any airport we see how airport staff deal with us without any respect, and how they try seek to hinder us.

We went to the taxi station and the we told the driver who greeted us with a big smile to take us to Olleh Hotel, as it was the most preferred and loved hotel by Yemenis because the hotel owners are very, very good people who cooperate and help Yemenis in everything.

We arrived at the Olleh Hotel, but the hotel was fully booked, but the hotel manager promised that after three days there would be a room for us, so we spent three days in another hotel, but it was very expensive on our budget, as he took 50,000 ₩ per day in Three days it became 150,000₩ and our financial budget is not strong.

여권 심사관이 미소를 지으며 말하였다.

- 모든 서류에 이상이 없습니다.

2018년 5월 15일 오후 1시 정각, 대한민국 제주도 입국 승인도장이 찍혔다.

- 아름다운 제주도에 오신 것을 환영합니다. 즐겁고 행복한 시간이 되시
  길 기원합니다.

법적 체류기간은 30일이었다.

모하메드와 가족은 수화물 코너에서 가방들을 챙기고 제주 국제 공항을
나섰다. 제주국제공항은 모하메드에게 가슴 벅찬 행복감을 주었다. 직원들
의 환대에 도움, 아름다운 미소와 친절한 응대, 그리고 존중 때문에 더욱 그
러했다. 예멘 사람 모두에게 공항 직원들은 친절을 베풀었다. 예멘을 탈출한
이후 어떤 예멘 사람도 공항에서 이런 친절을 느껴본 적이 없었을 것이다.
다른 공항에서는 예멘 사람들을 존중하지 않고 그저 막아설 꼬투리를 잡으
려고만 했었다.

모하메드는 택시 정거장으로 갔다. 택시 기사가 활짝 미소를 지으며 반겨
주었다.
올레 호텔은 제주에 도착한 예멘 사람들이 정말 좋아하고 사랑하는 호텔
이다. 호텔 사장은 정말로 매우 선한 사람이었고, 직원들도 모든 면에서 불
편함 없이 도와주었다.
올레 호텔에 도착하였지만, 이미 호텔은 만석이었다. 사흘 후에는 방을
마련해줄 수 있다는 호텔 지배인의 약속을 믿고 모하메드와 가족은 다른 호
텔에서 사흘을 지냈는데 비용이 만만치 않았다. 하루에 5만원 사흘간 15만
원이었다. 주머니 사정이 넉넉지 않았다.

After that, we went back to Olleh Hotel, and we actually found a room for us. The bill for ten days was $300. We paid the amount and settled with it, and our life began on Jeju Island in South Korea.

After we settled in the hotel, we went to the Jeju Immigration Office of the Ministry of Justice. They welcomed us and then asked us how we can help you.

We told them that we came to Jeju Island to escape the war and insecurity, and that fate brought us to Jeju Island, South Korea, in order to obtain asylum and a quiet and safe life.

They told us you came to apply for asylum, we told them yes, they said go up to the third floor, you will find the asylum applications section, we went up to the third floor and we found the asylum applications section.

I remember very well how the asylum application department on the third floor greeted us with a warm welcome, where they asked us to sit on chairs and gave us some hot drinks coffee and some cake, I remember all those good employees and the office manager was very respectful and helped us a lot. They gave us papers to apply for asylum and asked us to fill them out. They also asked us to do medical examinations and also get Korean phone numbers.

We left the Jeju Immigration Office, we went to the hospital for the necessary medical examinations, and that was for 40,000₩ per person, and we were three people for 120,000. After the payment, we did all the necessary medical examinations, and then we went to buy Korean phone numbers.

사흘 후 올레 호텔로 돌아갔을 때 실제로 방이 제공되었고 열흘 숙박비로 30만원을 지불하였다. 그렇게 대한민국 제주에서의 생활이 시작되었다.

호텔에 정착하고 나서 모하메드과 가족들은 법무부 제주 출입국·외국인청으로 갔다.

- 어서 오세요, 무엇을 도와드릴까요?
- 사실 저희는 전쟁과 위험을 피해 제주로 왔습니다. 운명이 저희를 대한민국의 제주도로 이끌었습니다. 피난처와 안전한 삶을 원합니다.
- 난민 신청을 하려는 것인가요?
- 예, 그렇습니다.
- 그렇다면 3층으로 올라가셔야 합니다.

모하메드와 가족은 난민 신청 부서를 찾아갔다.

3층에 있는 난민 신청 담당부서는 따뜻한 환영으로 반겨주었고 앉을 자리를 내어주고 따뜻한 음료와 커피, 케이크까지 대접해주었다. 지금껏 지나왔던 지역들과 비교해보면 이런 친절과 환대는 꿈도 꾸지 못했던 일이었다. 직원들 모두 존중하는 마음으로 큰 도움을 주었다. 난민신청서류를 건네주며 항목들을 채워야 한다고. 또 의료 진찰과 한국 전화번호가 있어야 한다고 말해주었다.

바로 제주 출입국·외국인청을 떠나 필요한 검진을 위해 병원으로 가서, 1인당 4만원, 총 12만원의 검사비를 지불하고 필요한 의료 검진을 받은 후 바로 한국 전화번호를 구매하러 갔다.

The papers were filled out with all the data required to apply for asylum, and all the necessary medical examinations were done and their results appeared, and payment was made to purchase on Korean phone numbers for us, and a housing contract was made at the Olleh Hotel for a month, and photos were made for all our documents, and we took pictures Personal as well, and it was placed in files and delivered to the Refugee Applications Receipt Section.

After that, to have ID cards was paid 30,000 per person, three people 90,000 and the residence visa 60,000 ₩ per person, three people at 180,000 ₩, and after that they told us to wait for three weeks in order to obtain a temporary residence that gives us the right to move to other cities in mainland, we said okay.

Because we will stay for three weeks until we get the cards, we paid the hotel again 300 dollars for another ten days, because of all those expenses mentioned, the financial budget that we have has decreased until we have a very, very, very small amount. And because the budget was small, we ate two light meals a day, such as eggs, cheese, yogurt, tuna, salad, toast, potatoes, etc.

And after three weeks we went and received our cards, but we were surprised that it had a sticker that does not allow us to leave Jeju Island to anywhere on the mainland.

We wanted to go to the mainland cities because there is housing for refugees, in other words, this housing will save us from paying money (food and transportation) to the hotel. We also want to study the Korean language and learn the Korean culture.

서류들에 난민 신청을 위해 요구되는 자료들을 채워나갔다. 모든 필요한 건강검진도 다 받았고 검진 결과서도 갖추어졌다. 한국 전화번호 구매도 마쳤다. 올레 호텔 계약 기간은 한 달이었고, 기록을 위해 사진도 찍었다. 개인 증명 사진이다. 서류에 이 모든 것을 채워넣고 난민 신청 접수 부서에 건네주었다.

외국인등록증을 위해서 1인당 3만원이 필요했다. 9만원을 지불하였다. 체류비자는 1인당 6만원으로 18만원이 들었다.

- 육지로 나가 다른 지역으로 이동할 수 있는 임시 체류 허가를 위해서는 3주 정도 기다려야 합니다.
- 알겠습니다.

등록증을 받기 위해 3주동안 기다려야 하니까 열흘 동안의 숙박비 300달러를 추가로 호텔에 지불하였다. 이제 정말 남은 돈이 거의 없게 되었다. 절약하고 또 절약하고 아끼고 또 아껴쓰더라도 점점 줄어들고 당분간 쌓이지 못할 재정상태.

계란, 치즈, 요거트, 참치캔, 샐러드, 토스트, 감자와 같은 아주 가벼운 식사로 하루에 두 끼를 해결했다.

3주가 지난 후에 제주 출입국·외국인청을 방문하여 외국인등록증을 받은 모하메드는 당황스러웠다. 제주 섬을 떠날 수 없고 육지의 다른 지역으로 이동할 수 없다는 스티커가 붙어 있었기 때문이다.

모하메드가 육지로 나가려고 했던 이유는 난민 보호소가 있기 때문이었다. 난민 숙소에서는 호텔비를 절약할 수 있고 식비와 교통비에도 도움이 될 것이라고 생각했다. 또 한국어를 공부하고 한국 문화를 배우고 싶었다.

But due to the lack of housing for refugees on Jeju Island, my fears increased, and now I am sure that I will be on Jeju Island for at least six months, not for three weeks as I thought, and I am sure that I will spend the money for food, medicine and transportation for accommodation in hotels, which It bothered me a lot that the money wouldn't be enough to stay in hotels, I was dependent on Immigration accommodation on the mainland.

At this time, some signs of confusion began to appear in me, for example I could no longer sleep at night and I was thinking if this little money I had was finished, what am I supposed to do?

I felt that I and my wife, because of the lack of money, were lacking food and our health condition was declining with it.

Actually, this feeling was not the feeling of me and my wife only, but the feeling of 554 refugees who escaped from the war in Yemen.

Yemenis were not allowed to leave Jeju Island for mainland cities from the beginning of April 2018, and now we are in the first week of June, which means after more than two months and ten days, many Yemenis on Jeju Island no longer have money and Sufficient financial possibility to pay hotel accommodation, so whoever had little money rented a room in an Olleh Hotel and seven people slept in it. This was with the help of the hotel owners. Some of whom rented in a cheaper motel or guest house. Many Yemenis became homeless, sleeping in small portable tents that they put in public parks, parks, sea beaches or any other place to sleep in.

제주 지역에는 난민을 위한 숙소가 부족할 것이기 때문에 두려움이 밀려왔다. 이제 분명해진 것은 3주가 아니라 아마 최소 6개월은 제주에 머물러야 할 것이다. 그렇다면, 음식과, 의료, 교통비와 호텔 비용까지 감당이 되지 않는다. 근심이 밀려왔다. 호텔비만으로도 돈이 부족한 상황이다. 육지에 있는 이민자 숙소만 기대하고 있었는데 큰일이 난 것이다.

이때부터 혼란의 징후들이 나타나기 시작했다. 잠을 잘 수가 없었고 이 얼마 남지 않은 돈으로 이렇게 끝인가하는 생각에 도무지 막막하기만 했다. 모하메드와 레한은 재정 결핍으로 우선 음식을 절약해야 했고 그에 따라 건강상태가 점점 나빠지고 있음을 느꼈다. 이것은 비단 모하메드와 레한에게 국한된 문제가 아니었다. 예멘의 전쟁터에서 탈출해서 제주에 도착한 554명의 예멘 난민들 전체의 문제였다.

2018년 4월 초부터 제주로 들어온 예멘인들에게 제주를 떠나 육지의 도시지역으로 나가는 것이 금지되어 있었다. 2018년 6월 첫째 주가 되었을 때 두 달 열흘이 넘어서는 상태에서 제주도에 있는 대부분의 예멘인들은 더 이상 돈이 남아있지 않았다. 호텔 투숙비를 지불할 수 없는 상황에 이르른 것이다. 올레 호텔이 그나마 장기수박비를 저렴하게 해주었기 때문에 이때껏 버틸 수 있었는데, 더 지속할 능력이 없었다. 호텔측의 배려로 한 방에 일곱 명씩 머무는 방식으로 절약해나갔지만, 적지 않은 예멘 사람들이 호텔을 떠나 게스트 하우스로 옮기거나 심지어 공원과 해변가 등지에서 노숙을 하거나 휴대용 텐트를 설치하여 생활하는 지경에 이르렀다. 잠만 잘 수 있으면 어디든 상관없었다.

Many Yemenis thought that they would stay in Jeju Island for three weeks or a month at most, and then they would go to mainland cities and stay in the accommodation of asylum seekers, and also because of the poor financial situation, many Yemenis became homeless.

My family and I were like the rest of the Yemenis, suffering from a lack of financial condition.

In these moments, I started looking for a cheaper housing that I and my family could live in for a longer period and at a cheap price, but unfortunately when I went to the house rental offices, I did not find any response at first sight. Everyone refused to rent me a small house consisting of a room For a month with $400, this amount was the amount I had left.

I searched for two days and did not find, then I found a motel that would rent me a small room for a month for $400 and put many conditions on me so that I would not do it, including not cooking in the room and many things, so I agreed to it.

I went to Olleh Hotel, I took my wife, my son and my bags and left the hotel, and when I arrived at the motel, the owner of the motel said to me: Do you have a baby?

많은 예멘 사람들이 제주도에 3주나 한 달 정도 머물다가 육지의 도시로 가서 난민 신청자 숙소에서 지낼 수 있을 것이라고 생각하고 있었다. 재정상태가 좋지 않은 사람들이 대부분이었기에, 많은 예멘 사람들이 노숙자 처지에 놓이게 된 것이다.

모하메드네 가족도 이렇게 재정 악화와 결핍으로 고통에 빠진 예멘 사람들의 처지와 다르지 않았다.

이제 정말 더 저렴한 숙소를 찾아야 할 때이다. 부동산 임대 사무실을 찾아갔을 때 반응은 싸늘했다. 방 한 칸 짜리 작은 집을 빌려주는 곳은 어디에도 없었다. 400달러가 남아있는 돈의 전부인데, 이 돈으로 빌릴 수 있는 집을 도무지 찾을 수가 없었다. 이틀을 발품 팔아 겨우 낡은 여관의 월세방 하나를 구할 수 있었다. 방 안에서 요리를 하면 안된다는 등 여러 부가 조건이 달려있었지만 어쩔 도리가 없다.

올레 호텔로 돌아와 모하메드는 아내와 아들을 데리고 가방을 챙겨 호텔을 떠나 그 모텔로 들어갔다. 여관 주인이 도착한 모하메드의 가족을 보면서 놀라며 질문했다.

- 아니, 아이가 있어요?

I told him yes I told you before that we agree he told me forget our agreement and left the hotel because children are not allowed in the motel and he told me most hotels will not trade you because of the child I told him why he said because the children are annoying I told him I was living in hotels for about a month and I wasn't heard Someone tells us that, the owner of the motel said I'm sorry take your money and left the hotel I told him okay and thank you and when I got out of the motel and found one of the guests with a small puppy that makes a lot of noise, I wonder how the owner of the hotel allowed dogs and didn't allow children.

Then I went back to the Olleh Hotel and asked him to stay in the room for another ten days, and I paid an amount of 300 US dollars out of the amount I had left with me the 400 dollars, and I only had 100 dollars left.

- 예, 하지만 우리가 서로 계약을 하지 않았나요? 여러 조건을 달아주셨지만, 아이가 있으면 안된다는 얘기는 따로 없었는데...
- 아이가 있으면 안돼요. 아이와 함께 여관에 투숙할 수는 없어요. 아마 다른 여관들도 마찬가지일 거예요. 아이와 함께 투숙하는 건 받아줄 수 없어요.
- 아이 때문에 안된다는 말은 참 이해하기 어렵군요.
- 우리가 한 달 동안 호텔에 투숙했는데 그런 얘기는 들어보지 못했어요.
- 죄송하지만, 어쨌든 우리 여관에서는 아이와 함께 머물 수 없습니다. 당신 돈을 돌려 줄테니 돌아가세요.
- 알겠습니다. 어쩔 수 없군요. 감사합니다.

모하메드는 가족을 데리고 여관을 떠나야 했다. 그런데 여관 밖에서 시끄럽게 짖어대는 강아지와 그 강아지의 주인인 투숙객을 발견하였다.

- 강아지는 되지만 아이는 안된다는 건가?

모하메드는 마음이 씁쓸해졌다. 올레 호텔로 다시 돌아가서 열흘만 더 머무르기로 하고 남은 400달러 중에 300달러를 지불했다. 이제 남은 돈은 달랑 100달러뿐이었다.

Angels and New Family in Jeju

I started searching online for any humanitarian organization that could help me in providing temporary housing for me and my family, and I found an organization called the Jeju Migrant Peace community.

The next day, I went to them and found Mr. Han and Mrs. Madliyn. They welcomed me very much. I went with them to an office to talk. I told them about my condition and that of my family in particular, and the situation of Yemenis in general.

They understood the issue well, so they told me that they could help me, my family, and the Yemenis, but that would be after a long period of time, in order to prepare everything for us, as they did not have anything ready at that moment. They promised they would. This site is being prepared for Yemenis, and it was a center of rooms in downtown Jeju and bus routes.

천사들의 방문과 제주의 새 가족

모하메드는 인터넷으로 도움을 줄만한 인권단체를 검색하다가 제주 이주민 평화 공동체라는 단체가 있다는 것을 알게 되었다.

아무것도 남지 않았으니 어딘가 도움을 청할 곳을 찾아볼 수밖에 없었을 것이다. 말레이시아에서도 모하메드는 마지막 순간에 기도를 통해 새 힘을 얻었다고 했었다. 이번에는 다른 방식의 기도를 택한 것 같다. 도움을 받을 수 있는 사람들, 모하메드와 가족들을 도와줄 수 있는 사람들을 찾아보기로 했으니. 도움을 받을 수 있는 사람이 도움을 줄 수도 있다. 도움을 받지 않겠다는 사람은 도움을 주지도 않는다. 모하메드는 도움을 줄 수 있는 사람이었다. 그러니 도움을 구할 수도 있었을 것이다.

다음날, 모하메드는 제주 이주민 평화 공동체를 찾아갔다. 한 선생님과 마들린이 아주 반갑게 맞아주었다. 안으로 들어가 사정을 말하기 시작했다. 모하메드가 처한 상황을, 가족의 처지를, 그리고 예멘 사람들의 형편을 이야기했다.

그들은 문제에 대해 아주 잘 이해해주었다. 모하메드와 가족과 예멘 사람들을 도울 수 있다고 기꺼이 돕겠다고 말해주었다. 하지만 시일이 좀 걸릴거라고, 하지만 바로 당장은 준비가 되어있지 않으니 준비를 하는 동안 기다려달라고 했다. 예멘 사람들을 위한 숙소를 준비하겠다고, 조금만 기다려달라고, 연락드리겠다고, 버스노선의 중심이고 시내 여러 공간들의 중심인 이곳을 중심으로 예멘 사람들을 돕겠다고 약속했다.

So they told me to wait until they called us, then I knew that it might take a long time, the problem that I was suffering from was the lack of time as the hotel reservation would finish after a few days, so I was looking for other organizations that might respond to the emergency that I am going through, as well as many Yemenis are going through it .

In these moments, Sister Christina came from Naomi Center as an angel sent to the Olleh Hotel, in order to be reassured about our cases. In these moments, I told her about the situation of Yemenis in general and about our situation in particular. Actually, she responded to me at the same time and I got a promise from her that she and Naomi Center They will find a solution to the hotel reservation problem as soon as possible.

I felt some comfort and a lot of happiness because of Sister Christina's promise. I felt from her that she wanted to help me and my family as well as all Yemenis. The days were passing and time was very limited for me and my family. I was afraid that we would be homeless in the street in front of people.

Before the time of booking finish, a group of people from the Canadian, American, Australian, European and Korean communities came to Olleh Hotel to check on the situation of the Yemenis. I spoke with them in the cases of some Yemeni families, as well as about our family case, and they said that they would try to help us.

And the next day, an American family, a Canadian family, and an Australian family came to my room in the hotel. Each family asked me to live with my family with them. These families told me that they had big houses that they could open part of to my family. I was very happy with this beautiful news.

기다려달라고 했지만 그 기간이 얼마나 걸릴지 모하메드로서는 짐작할 수 없는 일이었다. 어쩌면 너무 늦어버릴지도 모른다. 호텔 숙박 기한도 불과 며칠 남지 않았다. 모하메드 자신과 많은 예멘 사람들이 처한 긴급 상황에 응답해줄 수 있는 또 다른 단체들을 찾아보기로 했다.

바로 그때 그날 저녁, 나오미 센터의 크리스티나 수녀님이 올레 호텔로 찾아왔다. 예멘 사람들이 처한 상황들에 대해 안심할 수 있도록 신이 보낸 천사였다.

모하메드는 예멘 사람들의 일반적인 상황과 모하메드의 특별한 사정을 말하였고, 크리스티나 수녀는 나오미 센터에서 가능한 한 신속하게 우선 호텔 예약 문제에 대한 해결책을 강구하겠다고 약속했다.

크리스티나 수녀의 방문과 약속으로 모하메드는 위안을 받고 큰 행복감을 느꼈다. 진심으로 돕겠다는 의지를 확인했기 때문이다. 날이 지나가고 있고 시간은 제한적이어서 모하메드는 하루종일 아이와 함께 노숙생활을 하게 될지도 모른다는 걱정을 하고 있었던 터였다.

호텔 예약 시간이 끝나기 전에 캐나다, 미국, 호주, 유럽, 한국인 커뮤니티에서 예멘 사람들의 상황을 확인하기 위해 올레 호텔로 찾아왔다. 모하메드는 다시 한 번 그들에게 예멘 가족들의 상황과 모하메드의 가족이 처한 상황들에 대해 설명했고 그들은 약속했다.

- 우리가 도울 수 있는 방법을 찾겠습니다.

그리고 바로 다음 날, 미국인 가족과 캐나다인 가족 그리고 호주인 가족들이 모하메드가 머무는 호텔방으로 찾아왔다. 모두 자신들과 함께 살자고 말하기 위해서였다. 너무나 아름다운 소식이었다. 모하메드는 매우 행복했다.

- 우리 모두의 집에는 당신 가족을 위해 제공할 수 있는 충분한 방이 있습니다.

At the same moment, I received a call from Sister Christina at Naomi Center. She said to me, "Hello Muhammad."

I told her hello. She said I found a Korean family that wants to host you and your family in their house. Prepare yourselves so that we can go now and get to know them, and tomorrow I will take you with your luggage to their house.

Sister Christina was happier than us because she kept her promise and helped my family. I told her about the American, Canadian and Australian families who were there at that moment in my hotel room and every family wanted to take me to their home.

Here, Sister Christina asked me if they would help you in other matters. I told her about any other matters you mean. She told me, such as life expenses, educational services, health services and other things. I told her I do not know that, but the most important help for me is to find a house to live My family and I are temporarily in it.

Here, Sister Christina asked me that she wanted to talk to those American, Canadian and Australian families, and she actually spoke to them and told them that she had found a Korean family that would provide me and my family with everything, not just housing, but everything here.

바로 그때 동시에 나오미 센터의 크리스티나 수녀가 전화를 걸어왔다.

- 헬로우, 모하메드
- 헬로우
- 당신 가족과 함께 지낼 수 있다는 한국인 가족을 찾았어요. 준비하고 있으면 우리가 지금 곧 가서 자세히 알려드릴게요. 내일 바로 짐을 그분들 집으로 함께 옮기면 되요.

크리스티나 수녀는 모하메드보다 더 행복해했다. 자신의 약속대로 모하메드의 가족을 도울 수 있게 되었기 때문이다.

- 수녀님, 지금 어느 미국인 가족과 캐나다인 가족 그리고 호주인 가족이 찾아와서 자신들 중 한 집에서 우리 가족이 함께 살 수 있다고 말해주었어요.
- 그들이 또 다른 방식의 도움에 대해서도 얘기하던가요?
- 어떤 것들을 말씀하시는 건가요?
- 생활비, 교육 서비스, 건강 서비스와 같은 그런 것들에 대해서도 이야기하던가요?
- 아뇨 그건 잘 모르겠어요. 중요한 것은 제 가족이 살 집을 찾는 거고 저는 그것으로 충분해요.
- 그러면, 그분들과 제가 직접 이야기를 나눠봐야겠어요.

크리스티나 수녀는 호텔방으로 모하메드를 찾아온 세 가족들과 통화를 이어갔다.

- 한 한국인 가족이 있는데, 그들이 모하메드와 모하메드의 가족을 위해서 모든 것을 제공해주기로 했어요. 주거 문제만으로는 충분치 않아요. 여기에서 지낼 수 있는 모든 것을 도와줄 수 있어야 해요.

The American, Canadian and Australian families told me it was better You and your family, Muhammad, is to go with Sister Christina and Naomi Center.

And I told them, yes, it is better for me to go with Naomi Center and Sister Christina, then I asked those American, Canadian, Australian, European and Korean families to help some Yemeni families who suffer from the same problem as me, and indeed on that night five Yemeni families went to live with American, Canadian, Australian, European and Korean families here in jeju island.

Then Sister Christina came and took me to the house of the Korean family that we will live with, to get to know them, and we went together to the house of Mrs. Monica and her husband.

And when we went to Mrs. Monica's house, she was waiting for us in front of her house, and as soon as we got out of the car, she greeted us with a very beautiful smile, as if she had known us for a long time.

She told me my name is Monica, I told her my name is Mohammad, she said, "Come, Mohammad, I will show you the house. I actually saw the house, and she gave us the most beautiful room in the house, which was with its own bathroom, and she said to me, "consider this house your home."

I was amazed, I was so happy, I saw a little paradise in that beautiful room in that wonderful home, I thanked her very much for her kindness and hospitality.

크리스티나 수녀와 통화를 끝낸 세 가족은 모하메드에게 말하였다.

- 나오미 센터의 크리스티나 수녀님과 함께 가는 게 여러분들에게 더 좋
  은 선택일 것 같네요.

- 예, 저희에게는 나오미 센터의 크리스티나 수녀님과 함께 가는 것이 더
  좋을 것 같아요.

모하메드는 다시 찾아온 미국인, 캐나다인, 호주인, 유럽인, 한국인 가족
들에게 같은 문제로 고통받고 있는 다른 예멘 사람들을 도와줄 수 있는지 물
었보았고, 그들은 기꺼이 그날 밤 다른 예멘 가족들을 데리고 갔다. 그렇게
예멘 가족들이 제주에서 살고있었던 외국인 가족들과 한국인 가족들과 함께
지낼 수 있게 되었다.

그날 밤 크리스티나 수녀도 다시 찾아왔다. 모하메드의 가족은 크리스티
나 수녀와 함께 모니카와 그녀의 남편이 살고 있는 모니카의 집으로 갔다.

모하메드의 가족이 모니카의 집으로 갔을 때, 모니카는 밖에 나와 기다리
고 있었다. 차에서 내리자마자 아름다운 미소로 환하게 웃으며 반겨주었다.
마치 오래 전부터 알고 지냈던 것처럼 그렇게 반갑게 맞아주었다.
반갑게 서로 인사를 나누고나서 모니카는 모하메드 가족에게 집을 구경
시켜주었다. 그리고 그 집에서 가장 아름다운 방을 모하메드의 가족에게 내
어주었다. 방 안에는 화장실도 따로 있었다.

- 여러분의 집처럼 편하게 지내세요.

너무 놀라웠고 너무나 행복했다 이렇게 굉장한 집에 이렇게 아름다운 방
이라니 작은 천국을 본 것만 같았다. 이런 친절이 그저 고마울 따름이었다.

And the next day we moved from the hotel to live with the Korean family. They were very happy that we will live with them, even if only temporarily. They gave us a very nice welcome. They opened the doors of their house for us.

On the first day, Mrs. Monica asked us if we needed any furniture in the room. We told her no. She said, "Come, we will go shopping." She bought us some furniture for the room. Then she took us to the supermarket and bought us foodstuffs, fruits, vegetables, meat, canned goods, bread and others in large quantities. Monica and her kind husband bought our baby Hamza diapers, baby milk, baby food, baby clothes and accessories, and many toys.

Monica used to buy us all these things on a regular basis, even she would always take us to the markets, buy us clothes and anything we might lack. She always filled the refrigerator of the house with all the foodstuffs, and she and her good husband always took us to parks and restaurants and introduced us to the customs and traditions. South Korean.

And the most important thing that made us love Monica and her husband is that they are kind-hearted, smiling, generous, kind, wise, non-racist, helping everyone who needs it.

I remember that Monica and her husband were helping us with everything we might need, and I remember once when we were eating lunch, Monica made food with his hand and put it in my mouth at this moment, a reminder of my beloved mother who pass away in 2003.

다음날 아침 모니카와 함께 호텔로 가서 짐을 옮겼다. 정말 행복한 순간이었다. 잠시일지언정 함께 살 수 있도록 새로운 가족으로 맞아 준 모니카가, 문을 활짝 열고 환영하고 집 안에 들여준 모니카 가족이 너무나 고마웠다.

첫째날, 모니카는 방 안에 어떤 가구들이 필요한지 물어보았다. 아니라고 괜찮다고 하는 모하메드와 레한을 데리고 모니카는 가구점으로 가서 가구들을 사주었다.
다시 슈퍼마켓으로 가서 음식들과, 과일, 야채, 고기, 여러 가지 캔들과 빵 등등 먹을 것들을 잔뜩 사주었다.

모니카와 그녀의 친절한 남편은 아기 함자를 위해서 기저귀, 우유, 이유식과 옷이며 장난감들도 사주었다.

모니카는 정기적으로 이런 것을 사주었고, 항상 시장에 갈 때마다 함께 데리고 가서 옷도 사주고 뭐든 부족함이 없도록 챙겨주었다. 항상 냉장고 안에 먹을 것을 잔뜩 재겨놓고는 언제든지 편하게 꺼내먹을 수 있도록 해주었고, 그녀의 착한 남편도 공원이나 식당으로 그들을 데리고 다니며 한국의 풍습과 전통을 소개해주었다.

모니카와 그녀의 남편은 친절한 마음으로 늘 미소지으며 인자하고 친절하고 현명하고 인종차별도 전혀 하지 않는 그래서 도움이 필요한 모든 사람들 도와주고자하는 사람들이었다.

무엇이 필요할지를 생각하며 미리 챙겨주는 사람들이었다.
식사 시간이 되면, 음식을 만들던 맛을 좀 보라며 입에 넣어주곤 했다.
2003년에 돌아가신 사랑하는 어머니 같았다.

With her hand and put it in my mouth as if I were a small child, and when Monica did the same thing, I felt that I was her little child, so I asked her to allow me to call her my mother, and she told me that it made her happy and from that time I called them my father and my mother.

And after I, my wife and my son moved in Monica's house, we felt stable and not worried again, because Monica and her husband were and still support us with everything until now.

모니카가 손으로 음식을 집어 모하메드의 입에 넣어줄 때마다 모하메드는 마치 어린 아이가 된 것 같았고, 그럴 때마다 모니카가 엄마처럼 느껴졌다. 모하메드는 조심스럽게 모니카에게 물어보았다.

- 어머니 라고 불러도 될까요?
- 어머나 행복해라. 정말? 정말로 그래주겠니?

이제 모니카와 모니카의 남편은 모하메드에게 어머니, 아버지가 되었다.

모니카의 집에 들어간 뒤로 모하메드와 레한 그리고 그들의 아들 함자는 안정감을 느끼며 걱정이 모두 사라졌다. 모니카 부부가 언제나 늘 모하메드 가족과 함께 해주었고 모든 것을 지원해주었기 때문이다.

Bigin to Work, not illegally

I remember that in the same month, I mean June 2018, the Korean government on Jeju Island allowed all asylum seekers of Yemeni nationality who were prevented from traveling or moving to the mainland to work. Yemeni were allowed to work on the 9th of June. This was a special exception for Yemenis to work, because their financial condition was very bad and they and their families would be homeless.

On June 9th, nearly 200 people worked, and on June 12th, nearly 200 other people worked in specific fields, such as:
  1- Fishing
  * Daily fishing (in small boats that go and return on the same day).
  * Weekly fishing (in medium boats that go and return within three to five days).
  * Monthly fishing (large and giant ships go and return within twenty days to month).
  2- Fish farms.
  3- Restaurants.
  4- Kitchens.
  5- Car wash.
  6- Cleaners.
  7- Vegetable and fruit farms of all kinds (such as orange and mandarin farms and other agricultural products).

한국 정부의 노동 허용

2018년 6월 9일 한국 정부는 제주에 발이 묶여 있는 예멘 난민 신청자들이 일을 할 수 있도록 허락해주었다. 예멘 사람들은 일을 할 수 있게 되었다. 이러한 조치는 재정상태가 열악했던 그래서 가족들이 노숙생활을 할 수밖에 없었던 예멘 사람들에게 정말 특별한 배려였다.

6월 9일, 200여 명의 예멘인이 일을 하기 시작했다. 6월 12일, 다시 200여 명의 예멘인이 일을 하기 시작했다. 주어진 일의 종류는 다음과 같다.

1. 선원
   작은 배를 타고 나가 그 날 들어오는 일일 어업
   좀 더 큰 배를 타고 나가 사흘이나 닷새 후에 돌아오는 주간 어업
   아주 큰 배를 타고 나가 스무날 혹은 한달 후에 돌아오는 월간 어업
2. 양어장
3. 식당
4. 주방
5. 세차
6. 청소
7. 야채 과일 농장 (감귤 과수원이나 다른 농작물 밭일)

사람은 노동을 하고 노동을 통해 삶을 유지하는 동물이다. 노동을 할 수 없게 하는 것은 숨을 틀어막는 일이다. 노동의 부재로 생존이 위협받는 상황에서 어떤 일이냐는 중요하지 않았다. 주어지는 대로 일을 시켜만 준다면 무슨 일이든 해야 했다. 예멘 난민들은 그렇게 제주에서 노동을 시작했다.

As I mentioned earlier, about four hundred people worked in these works, and most of them were singles, or couples.

For me and married couples who have children, we were not lucky to find work on the first opportunity on the 9th and the second opportunity on the 12th because most employers preferred singles or couples and rejected people who had children like me and my wife.

I remember that most of those who were working in fishing in the sea were suffering from diseases such as seasickness, burning sunstroke and rashes all over their body and they always felt nausea and vomiting, and I think that this happened to them because they were from the high mountainous areas In Yemen, they did not see or know the seas and oceans before and they did not have any prior experience in these works, and because of that many of them were expelled from the jobs or they were expelled of their own accord, and the number of these was many because three quarters of the jobs given to the Yemenis were in fishing. Fish in big ships. While those who were working in the rest of the jobs given to Yemenis in fish farms, vegetable and fruit farms, car washes, restaurants, kitchens and cleaning continued their work and they didn't get out.

And because many of the couples who had children did not find jobs, and because of those who left the fishing business in the seas, there were a large number of Yemenis without jobs, and they were also suffering from financial problems that did not make them feel comfortable.

이런 일을 시작하게 된 400명의 예멘 사람들은 대부분 독신이거나 동거인들이었다.

모하메드처럼 자녀가 있는 결혼한 부부들에게는 노동의 행운이 주어지지 않았다. 6월 9일의 첫 번째 기회도 6월 12일의 두 번째 기회도 비켜갈 수밖에 없었다. 대부분의 고용주들이 독신이거나 동거인들을 선호했고 모하메드처럼 자녀가 있는 사람들은 거절했기 때문이다.

바다로 나가 고기잡이 일을 하게 된 사람들은 배멀미를 심하게 겪으며, 이글거리는 태양 아래에서 일사병에 걸리고 온 몸에 발진이 생겼고 늘 메스꺼움을 느끼며 구토를 했다고 한다. 높은 산지에서 살던 예멘인들에게 바다의 일은 처음이었기 때문이다. 한 번도 경험해보지 못했던 바다의 노동에 적응하지 못한 이들을 선장은 다시 바다로 데리고 가지 않았다. 다시 일자리를 잃게 된 것이다. 일부는 스스로 더 이상 바다에 나가지 못하겠다며 일을 포기하기도 하였다.

400명 중 4분의 3 정도에게 배당된 직업이 어업이었다. 어업이 아닌 다른 일을 하던 사람들 중에서 도중에 일을 포기한 경우는 없었다. 그들은 일을 계속해나갔다.

뱃일은 쉬운 일이 아니다. 추자도에서 어린 시절을 보냈기에 초등학교 중학교 동창들 중에는 뱃사람이 된 친구들도 있었다. 친구들은 모두 뱃일이 힘든 일이라고 알려주었다. 한국 정부는 일손이 필요하다는 고용주들의 요청에 응했던 것으로 보인다. 가장 일손이 부족했던 곳이 뱃일이었던 것이다. 그 일이 그만큼 힘들기 때문이다.

자녀가 있는 사람들은 일을 찾을 수 없었고, 바다 일을 하러 간 사람들은 일자리에서 쫓겨나거나 스스로 포기하였다. 여전히 많은 예멘인들이 일을 하지 못하고 있었다. 재정 문제로 고통받으며 불안한 시간을 보내야 했다.

At this time, Naomi Center helped the Yemenis by providing them with: Housing, Health services at a high level for the treatment of Yemeni patients, Educational services such as teaching Korean language and culture, teaching children and introducing children to daycare center, Provision of works.

Naomi Center especailly tried to provide jobs. (try to provide as much jobs as possible for the unemployed Yemenis and take them to Jeju Immigration Office to make an official work contract for Yemenis through the government so that the owners of the work do not exploit them, providing jobs suitable for some people who had special cases such as husband and wife together, fathers have children, women,and who have a slight disability, etc.,,,,)

There are also many, many services that they provided to us, such as Food support service for all Yemenis, Support service for milk, diapers, baby food and toys for Yemeni children, Inquiries and advice service, Service of communication with employers if a misunderstanding occurred, Summer and winter clothing support service, Cold vaccination service, Free dental service, Translation service from Korean or English to Arabic and from Arabic to English or Korean.

And on the occasion of mentioning the translation service, I would like to mention a person named Ra Yeon-woo. He is a Korean citizen, born in Syria, who speaks both Korean and Arabic languages fluently. An employee at Naomi Center always helps Yemenis with the issue of simultaneous translation by phone because he speaks Arabic and he is one of the many people in Naomi Center still helping Yemenis, whether they are in hospitals, clinics, government offices or work, I cannot forget how many times he helped me.

이런 상황에서 나오미 센터가 예멘 사람들을 구체적으로 돕기 시작했다. 주거 문제 해결을 위해 도와주었고, 환자들을 위한 높은 수준의 의료 서비스를 제공해주었으며, 한국어와 한국문화를 가르쳐주고 어린이를 교육하고 돌봄 센터를 소개해주었고, 일자리를 연결해주었다. 하나같이 예멘 사람들에게 꼭 필요한 도움들이었다.

특히 일자리를 얻을 수 있도록 많은 노력을 기울여주었다. 고용되지 못한 예멘인들을 제주 외국인청으로 데리고 가서 공식적인 일을 연결시켜달라고 요청하기도 하였고, 정부를 통해 고용주들이 예멘 사람들을 해고하지 못하도록 도와주었고, 함께 일해야 하는 부부나, 자녀와 아이 엄마를 부양하기 위해 일해야 하는 아버지들이나, 가벼운 장애를 가지고 사람들이나 저마다의 특별한 사정이 있는 사람들에게 적절한 일자리를 함께 찾아주었다.

나오미 센터에서 예멘 난민들을 위해 제공한 서비스에는 이런 서비스들도 포함되어 있었다.

예멘 사람 모두를 위한 음식 지원

예멘 어린이를 위한 우유, 기저귀, 이유식, 장난감 제공

상담 서비스

고용주와의 소통 서비스

여름옷과 겨울옷들

독감 예방 접종

무료 치과 치료, 번역 서비스.

번역서비스와 관련하여 모하메드는 라연우씨에게 특히 고마움을 느꼈다. 그는 한국인이었지만 시리아에서 태어나 한국어와 아랍어를 유창하게 말하는 사람이었다. 나오미 센터에서 일하면서 예멘사람들을 많이 도와주었다. 예멘 사람들은 도움이 필요하면 나오미 센터로 전화를 했고 그는 아랍어로 응답하면서 필요한 도움을 제공해주었다. 모하메드 역시 병원이나 관공서 등의 일을 볼 때 라연우의 도움을 여러 번 받았다.

Naomi Center is the first home for Yemenis and the first reference for Yemenis. No one can forget what it has done and still doing by Naomi Center for Yemeni refugees and other refugees from India, China, Bangladesh, Sudan, Pakistan, Syria, etc.,,,,,,,

I am one of those Naomi Center helped and is still helping me to this day.

나오미 센터는 많은 예멘 사람들에게 타국에서 만난 첫 번째 가정이었고 첫 번째 의지처였다. 예멘 사람들뿐만 아니라 인도, 중국, 방글라데시, 수단, 파키스탄, 시리아 등지에서 온 난민들까지 나오미 센터가 행하였고 행하고 있는 도움들을 결코 잊을 수 없을 것이다.

모하메드 역시 나오미 센터의 도움을 받은 사람이고 나오미 센터의 도움은 여전히 계속되고 있다.

Life in Jeju

I remember when I was in the house of my Korean father and mother, I saw my son Hamza taking his first steps and I saw how happy my mother Monica was with Hamza's steps, my mother was happy for everything that makes us happy and sad for everything that saddens us.

I cannot forget when my wife Rehan fell ill, my mother took her to the hospital and Rehan received all the health care in the hospital, but the doctor asked my wife Rehan not to breastfeed our son Hamza because she was using medicines, Hamza was crying a lot and my beloved mother Monica took him and hugged him and She sits with him all night until he sleeps in her arms.

I remember that due to not having a job with me, I asked my Korean mom, Monica, to help me get a job because I wanted to depend on myself to take responsibility for my family, my mom said of course I will do all my best to find a good job for you, and she was so happy to help me, I also asked Naomi Center to help me find a job they said we will try to help you to find a job, and I also asked Jeju Migrant Peace community to help me get a job they said they will try to help me to find a job.

제주의 생활

모하메드가 한국인 아버지와 어머니의 집에 있을 때 함자가 첫 발을 딛고 걸음마를 시작했다. 모하메드는 함자의 첫 걸음에 너무너무 행복해하는 어머니 모니카를 보았다. 어머니 모니카는 기쁜 일을 함께 기뻐해주고 슬픈 일을 함께 슬퍼해주었다.

레한이 아팠을 때도 어머니 모니카는 그녀를 병원으로 데리고 가서 치료를 받을 수 있도록 도와주었다. 의사가 약을 먹는 동안에는 아이에게 젖을 먹이면 안된다고 주의를 주었기 때문에 함자가 많이 울었다. 모니카는 함자를 데리고 자면서 밤새도록 달래며 재워주었다. 함자는 할머니 모니카 품에서 곤한 잠을 잘 수 있었다.

직업이 아직 없었기에 모하메드가 어머니 모니카에게 일자리를 알아봐 달라는 했을 때는 좋은 일자리를 찾아보자고 최선을 다하겠다고 말하면서 용기를 주었다. 모하메드는 가족을 부양할 의무를 다하고 싶었다. 언제까지 어머니에게 의지할 수는 없는 노릇이다. 스스로에게 의지하고 싶었기 때문에, 나오미 센터에도 제주 이주민 평화 공동체에도 취업을 도와달라고 부탁하였다.

모니카는 천주교의 세례명이다. 모니카의 본명이 무엇인지 나는 모하메드로부터 전해듣지 못했고 확인해보지도 못했다. 모니카는 진심으로 모하메드와 레한을 아들과 딸처럼 대했고, 함자를 손자처럼 여겼던 것 같다. 지금 서귀포시 남원에 살고 있는 모하메드의 가족은 일을 쉬는 날이나 명절이 되면 어머니와 아버지를 만나러 할머니와 할아버지를 만나러 모니카의 집으로 향한다.

And the next day, Naomi Center called me and told me to go to them, and when I went to them, they told me that I have to ask for help from the Korean government, for the expenses of life, and I have to explain to them my situation to them that I had not found a job yet, and I actually wrote a request Support from the Korean government for living expenses where we are a family of 3 members one of us still child, and Naomi Center also helped many people to apply for help from the Korean government to support living expenses according to Korean law, where there was a group of people who deserved support.

There are also pregnant women, about 4 women. Large families have many children. There are families consisting of eight, seven, or six members. There are orphaned children.

The response came a month later by agreeing to support families and specific people, approximately five families, and our family was one of them, and the support was for the month of July and August only two months.

A week later, my Korean mother, Monica, told me that she had found a job for me in a fish farm in an area called Halim and she told me that they wanted a worker to work with them.

I told her that's very good. I want to do this. She said we will go and meet them tomorrow morning. There was a documentary videographer working as a YouTuber who was filming part of my daily life.

He asked me that he wants to come with us. I told him it's okay you can come, and you can photograph everything, but when we enter the farm, you have to stop filming and he agrees to that.

나오미 센터에 취업을 부탁드렸던 다음날, 나오미 센터에서 잠깐 나오라고 전화가 와서 찾아갔더니 한국 정부에 생활비 지원을 요청해보자고 하였다. 아직 일자리를 구하지 못한 사정을 말하고 생활비 지원 신청서를 접수하였다. 모하메드 가족만이 아니고 아이가 있는 3인 이상 세대를 이루고 있는 가족들이 함께 신청하였다. 나오미 센터가 도와주었다.

네 명의 임산부도 있었고, 가족이 여덟 명, 일곱 명, 여섯 명인 경우도 있었다. 고아가 된 아이들도 있었다.

한 달 뒤에 다섯 가정에 생활비를 지원하기로 결정되었다는 연락을 받았다. 모하메드의 가족도 선정되었다. 지원은 7월과 8월 두 달 동안이었다.

그리고 나서 일주일이 지난 후 어머니 모니카가 말했다.

- 사람을 구하는 데가 있대. 한림에 있는 양어장이야. 한 번 열심히 해봐
- 정말 기뻐요. 당장 그 일을 하고 싶어요.
- 내일 아침 같이 가보자

그때 마침 한 유튜버가 모하메드의 일상을 촬영하여 다큐멘터리로 남기고 싶다고 찾아왔었는데 이 말을 듣고 함께 가고 싶다고 했다.

- 동행해서 촬영을 해도 될까요?
- 그래도 좋아요. 같이 가는 동안 모든 것을 촬영할 수 있지만, 양어장에 들어가면 촬영을 중단하는 게 좋겠어요.

그는 그러겠다고 동의하고 모하메드와 함께 동행하며 촬영을 하였다.

And in the early morning of the next day we went to Halim and met the employer and we started talking to her. Then she asked me what is your nationality. I told her I am from Yemen. I saw her face changes and she was talking to my Korean mother Monica in a loud voice that even screaming I didn't know why she was screaming And why was she upset?

My mother used to talk to the employer in all politeness, respect, calmness and sophistication, and she was begging her to accept me at work and try my work.

The boss was still upset and she was still screaming,

I didn't know anything because I don't know the Korean language, at that moment my Korean mom Monica got up and grabbed my hand and said let's leave this place and said to the boss, thank you very much, bye.

We got out of the fish farm and got into the car. The YouTuber took out the camera and started filming. He started asking me how you felt, Muhammad. I told him I don't know the Korean language and I didn't understand anything.

아침 일찍 한림으로 가서 양어장 사장을 만났다.

- 그런데 국적이 어떻게 되나요?

- 예멘에서 왔습니다.

갑자기 사장의 얼굴 빛이 변하였다. 어머니 모니카에게 언성을 높여 뭐라고 이야기하기 시작했다. 목소리가 점점 커졌다. 모하메드는 그녀가 왜 그렇게 언성을 높이고 흥분하는 건지 알 수가 없었다. 어머니 모니카는 늘 정중하게 말하는 사람이다. 조용하고 교양있게 계속 부탁하고 있었다.

- 모하메드가 여기에서 일하게 해주세요. 한 번 일을 시켜봐 주세요.

사장은 흥분된 상태로 계속 소리를 질러댔다. 모하메드는 한국어에 익숙하지 않기 때문에 무슨 말을 하는지 전혀 알 수가 없었다. 어머니 모니카가 모하메드의 손을 잡고 말했다.

- 그만 가자

어머니 모니카는 사장에게도 말했다.

- 고맙습니다. 안녕히 계세요.

He told me I asked you about your feelings. I told him I felt sad and felt that I was upset and I only wanted to cry, and I actually cried because I felt insulted for no reason except that I wanted to work and earn money in order to spend on my family and take full responsibility for it.

And my mother started crying, so I tried to calm her down and I apologized to her. She said to me, Muhammad, if you are happy, I will be happy. If you are sad, I will be sad. I apologized to her again and we stopped crying, and until now I do not know why the owner of the fish farm refused to work with her. ?

After that, we went home and my wife was surprised when I came back with my bag of clothes with me. She told me, O Muhammad, you did not work at the fish farm. I said they did not accept me.

양어장을 떠나 차에 탔을 때, 그 유튜버가 카메라를 들고 촬영을 하기 시작했다.

- 지금 어떤 기분이 드시나요?
- 모르겠어요. 한국어를 모르니 아무것도 이해할 수가 없었어요.
- 상황은 모르더라도 지금 당신의 기분이 어떤지 말씀해주세요.
- 슬퍼요, 울고 싶어요.

모하메드는 결국 울음을 터트리고 말았다.

- 일을 하고 싶다는 것 말고 다른 어떤 이유도 없는데, 일을 하고 싶다는 게 모욕을 받아야 하는 일인가요? 가족을 부양하고 책임을 다하기 위해 일을 해서 돈을 벌어야 하는데 단지 일을 하고 싶었을 뿐인데.

어머니 모니카도 울기 시작했다. 모하메드는 마음을 진정하고 어머니를 진정시키기 위해 노력했다.

- 어머니, 죄송해요. 괜히 저 때문에.
- 모하메드. 네가 행복하면 나도 행복하고 네가 슬프면 나도 슬퍼.
- 죄송해요 어머니

울음을 멈추었지만, 모하메드는 여전히 양어장 주인이 왜 거절한 건지 알 수가 없었다. 집에 돌아왔을 때 레한은 깜짝 놀라며 말했다.

- 모하메드. 양어장에서 일하지 않는 거예요?
- 그들이 나를 받아주지 않았어요.

Then two days later, a call came to me from jeju migrant peace community and they told me that they had found a job for me in Guest House, and they wanted me to work in cleaning rooms and gardens. I told them this is a nice thing.

They told me come tomorrow to go to the guest house and meet the boss, and the second day my mother and I went to the center and then to the guest house, then we met the boss. He told me you will work daily for four hours and take 700,000₩ I said ok then he said you will work Three hours and take 500,000₩ I said ok then he said you will work two hours a day and get 400,000 a month.

He was asking for many conditions and things from me, and I was telling him OK, but it turned out in the end that he was only joking and not being serious.

We went back to a jeju migrant peace community center and told them that (it seems that the employer no longer needs workers), they said it is okay for you, what do you think, Muhammad, if you work with us in jeju migrant peace community center, as a translator for Yemenis from Arabic into English (Mrs. Madelyin), and Mrs. Madelyin translates from English to Korean.

They told me that I would work part-time from two o'clock in the afternoon to six o'clock in the evening and they will pay me for four hours work, and I actually agreed to work.

이틀 후 제주 이주민 평화 공동체에서 전화가 왔다. 게스트 하우스에 일자리가 났다는 것이었다. 방과 정원을 청소하는 일이라고 했고, 모하메드는 아주 좋다고 말하였다.

- 내일 게스트 하우스로 가서 사장을 만나세요

이튿날 어머니와 함께 제주 이주민 평화 공동체에 들러 게스트 하우스로 갔다. 사장을 만났다.

- 하루에 네 시간 일하고 월 70만원이면 되겠어요?
- 예 좋습니다.
- 세 시간 일하고 월 50만원은 어때요?
- 예 괜찮습니다.
- 두 시간 일하고 월 40만원은요?

사장이 여러 조건들을 바꿔가며 제안할 때마다 모하메드는 좋다고 했지만 계약은 성사되지 않았다. 진지하지 않았고 농을 하는 것만 같았다.

어머니와 모니카는 다시 제주 이주민 평화 공동체로 돌아갔다.

- 사장이 일꾼을 구하는 것 같지 않아요.
- 차라리 잘 되었어요. 혹시 여기에서 우리와 함께 일하는 건 어때요? 아랍어를 영어로 통역해주는 일을 하면 좋을 것 같은데, 여기 마델린 부인도 영어를 한국어로 통역해주는 일을 하고 있어요. 파트타임으로 오후 두시부터 여섯시까지 일할 수 있어요. 4시간에 해당하는 시급을 계산해드릴게요
- 좋습니다.

But I was always started my work from eight o'clock and thirty minutes in the morning and go and clean all the center with the rest of the staff and then sit in my office from nine in the morning until six and a quarter in the evening. I was very happy with this work, yes it's was with very little monthly salary, but I was happy because I was helping Yemeni people who need help.

The work was very tiring because there were many Yemenis who needed help, and there were several files in my office such as a file for :-

Accommodation file (they had a private residence for Yemenis that was opened, the one I was talking about earlier when Mr. Hahn and Mrs. Madelyine took me to see it before).

Health and medical services file.

Educational services file (Korean language classes).

File for obtaining employment services.

Dental service file.

Food support file.

File issues of non-payment of salaries, employees or problems of misunderstanding.

File of recreational trips and sports activities.

And many other files I was working on for all these files.

하지만 모하메드는 아침 여덟시 반에 출근하였다. 사무실로 가서 청소를 하고 다른 직원들과 함께 저녁 여섯시 15분까지 자리를 함께 했다. 너무 행복했다. 작은 봉급이지만 일을 하고 있다는 사실이, 그 일이 도움이 필요한 예멘 사람들을 돕는 일이라는 사실이 너무나도 좋았다.

도움을 필요로 하는 예멘 사람들이 많았기 때문에 할 일도 많았다. 예멘 사람들을 돕기 위한 여러 가지 서류들이 쌓여 있었다.

• 숙박파일 : 처음에 모하메드가 이주민 평화 공동체를 찾아가 도움을 요청했을 때 말하던 준비가 끝나있었고 예멘인들을 위한 사적 주거공간이 제공되고 있었다.
• 건강 및 의료 서비스 파일
• 교육 서비스 파일 : 한국어 교실 운영
• 고용 서비스 구직 파일
• 치과 진료 파일
• 식량 지원 파일
• 노동 쟁의 파일 : 급여 미지급 문제나 직원이나 사장과의 마찰 조정
• 여가 및 스포츠 활동 파일

I worked in jeju migrant peace community center for three months (July, August, September 2018 until my work contract with them expired. They tried to renew the contract of work with me in jeju migrant peace community center but my Korean mom Monica already found for me another job in a company for packing oranges and tangerines in NAMWON, Jeju Island.

So I apologized to jeju migrant peace community center for not continuing to work with them because I have a better job opportunity and then after that I actually moved to the beautiful and quiet area of Namwon and rented a beautiful house for my family and started my work in the company and now four years have passed and we are in the same area and the same neighborhood and the same house and I have been in the same company I have been working in for four years, where I became one of the oldest employees of the company though.

모하메드는 이곳 제주 이주민 평화 공동체에서 석달 동안 일했다. 사무실에서 모하메드와 계속 계약을 하려고 했는데, 모니카 엄마가 다른 일을 이미 찾은 상태였다. 서귀포시 남원에 있는 선과장이었다. 오렌지와 귤을 선별하고 포장하는 일이라고 했다. 모하메드는 사무실 국장에게 더 좋은 취업 기회가 생겨서 계속 같이 일하지는 못하겠다고 사과의 말을 건넸다.

모하메드는 남원으로 이사를 했다.

남원은 아름답고 조용한 마을이다. 가족이 함께 살아갈 집을 빌리고, 선과장에서 일을 하기 시작했다. 선과장에서 일한지 이제 4년이 되었다. 이제는 남원사람으로 살고 있다. 같은 동네에 살고 같은 직장에서 일하는 같은 이웃이다. 모하메드는 지금 가장 오래 일한 고참이 되었다.

Four Years and Three Months

In these four years and three months, many very beautiful things happened to me, and there are some sad situations that happened to me and many Yemenis, and I will mention them as an example:-

There were very few people who did not accept the idea of our presence on Jeju Island in South Korea, but we were not affected by them because they are few and the majority of people understood why we were here.

And the biggest proof is when we arrived on Jeju Island, and only a month later, crowds of demonstrators came out to see us here on Jeju Island, and they were rejecting us and calling us fake refugees.

And I was wondering when they said this to us. If we are fake refugees, then who are supposed to be real refugees??? And they also say you should get out of our land and tell some lies about us such as murderers, criminals, terrorists, saboteurs .

And there are those who signed an electronic petition, and the signature reached 750,000 votes rejecting the presence of refugees, and it was sent to the Blue House and the seat of government.

4년 3개월

숫자 4와 3은 제주 사람들 가슴에 새겨진 처절한 상징이다.
나는 대학 시절 문학동아리 대자보에 적혀있던 4·3을 잊을 수가 없다.
死·삶 이라고 적혀있었다. 4·3, 死·삶, 죽음과 삶.

제주 생활 4년 3개월.
많은 아름다운 일들이 있었다.
물론 힘든 상황도 있었다.

어떤 사람들은 예멘 사람들이 제주에 온 것을 받아들일 수 없다고 하였다. 하지만 개의치 않는다. 그런 사람들은 많지 않았다. 대다수는 이해하고 받아들여주었다.

예멘 사람들이 제주에 들어오고 한 달이 지났을 때, 한 무리의 시위대가 찾아와서 예멘 사람들을 거부한다고 그들은 가짜 난민이라고 외친 적이 있었다.

가짜 난민이라니.
살기 위해 제주까지 온 예멘 사람들이 가짜 난민이라면 누가 진짜 난민이라는 말인가?
스스로 살인자, 범죄자, 테러리스트, 사보테리어라고 그래서 가짜 난민이라고 거짓말이라도 하라는 말인가?
전자청원에 서명한 사람들이 75만 명이라고 하였다. 난민 유입을 거부한다고 청와대와 정부청사로 청원서를 제출했다는 말도 들었다.

And there were some looks of fear, anxiety, hate and lack of acceptance.

And some are afraid of the idea of Islamophobia, and some say those from Yemen are Arabs from the Middle East from Muslims, so these are terrorists and all that were so sad.

At the same time, crowds came out supporting the protection of refugees, and there were elderly people who said that we, the Koreans, were refugees from the years 1950 to 1953, that is, for three years, the situation of South Korea was like the situation of Yemen now. They said we know the meaning of the word war and refugee. As well as Koreans, they were in other countries subjected to racism, and they are now rejecting its forms in their country, South Korea.

Supporting refugee protection groups came out, such as the Naomi Center, which integrates refugees with Korean families and learns about Korean culture, and here I would like to thank Mr. Kim Andrios, director of Naomi Center, as well as Sister Christina, the sister of all Yemenis, who did not leave any of the Yemenis, Mr. Ra Yeon-woo who supported the Yemenis.

And such as jeju migrant peace community center who support refugees.

두려움, 불안, 증오, 포용력의 결여.
예멘에서 온 사람들은 중동의 아랍인, 이슬람 교도이다.
이슬람교도들은 테러리스트들이다.
이슬람 공포증, 이슬람 혐오증.

하지만 동시에 난민 보호를 지지한다는 인파가 몰려나왔다.
1950년부터 1953년까지 3년 동안 한국도 예멘의 경험을 했다고 말하는 어르신들도 있었다.
전쟁과 난민을 이해한다고 말해주었다.
한국인들도 다른 나라에서 인종 차별을 경험했다고.
한국은 어떤 인종 차별도 거부한다고.

예멘 난민들을 한국인 가족과 연결시켜 새로운 가족을 탄생시킨 나오미 센터, 예멘 난민을 지원한 제주 이주민 평화 공동체 등 난민보호단체의 지원 활동들이 이어졌다.

I do not want to forget hope School, which brought us hope thanks to the friends and teachers who helped us and stood with us in the most difficult days for us and stood by every Yemeni and gave us of precious time to learn the customs, traditions and the Korean language and remember the teachers and friends who are dear to my heart, Huso, Rakan, Emily, Jiyun, Judi, Hyun-ju, and the others kind heart.

And I do not want to forget the group Modu Woori Network who always provide us with assistance to all Yemenis and who are considered our brothers. They rejoice in our joys and share our sorrows. All thanks and appreciation to the dear Mr Choi Yong Chan.

We can't forget when they consoled us for the loss of our loved ones while we are here on Jeju Island. When my father passed away, I was very sad. When my wife's father passed away, and when my wife's mother passed away she was so so sad but Modu Woori Network sharing our sorrows as if they are were part of our family.

I would like to thank all my neighbors, especially Grace and Sophie, those neighbors who made me and my family feel like we were Namwon people.

And I remember well when any Yemeni child was born, you stood by them and supported them with visits, gifts and beautiful words. Jeju witnessed the birth of six children, and you shared the joy with us.

나오미 센터의 센터장 김상훈씨, 예멘인 한 사람 한 사람을 곁에서 살뜰하게 챙겨준 모든 예멘 사람들의 누나 크리스티나 수녀님, 한국의 문화와 전통, 한국어를 배울 수 있게 한국어 교실을 열어준 소중한 선생님들 친구들, 후소, 라칸, 에밀리, 지윤, 쥬디, 현주.

남원사람으로 인정해준 남원의 이웃들, 특히 그레이스와 소피.

모든 예멘 사람들을 형제로 여기고 조언과 지원을 아끼지 않았던 모두 우리 네트워크와 최용찬.

함께 웃고 함께 울어주던 사람들.

모하메드의 아버지가 돌아가셨다는 소식이 들려왔을 때,
레한의 어머니가 돌아가셨다는 소식이 들려왔을 때,
슬픔을 가누지 못하는 모하메드와 레한곁에서
가족처럼 함께 슬퍼하며 위로해주던
제주의 가족들과 친구들.

그들은 진심으로 함께 울어주었다.

One of the six births was the birth of the second child in our family. My beautiful daughter Maryam. This baby made her mother and father happy with her arrival. This baby we did not feel any kind of fear or anxiety. There was health insurance for the mother and child in there is great care from Dana Hospital, Thank you to all the doctors and nurses for their good treatment, thank you for visiting groups Modu Woori Network for visiting you in the hospital and at home.

We, the Yemenis on Jeju Island, were 554. Most of the Yemenis left Jeju Island because of the limited work and the lack of job opportunities for the person to live a decent life, and also because of the outbreak of the covid 19 Corona virus, most of the work of kitchens, restaurants, car washes, etc., and because fishing And fish farms and vegetable and fruit farms are seasonal businesses. Most of the Yemenis left for the mainland cities so that they might find jobs for them, but on all holidays and occasions, Yemenis return to Jeju Island to visit their Korean families, and now the rest on the island ranges from 80 to 110 people.

A large number and a good number preferred to sit on Jeju Island for many reasons. First, Jeju is small and not crowded. Also, its air is beautiful and its people are good. For example, I have a Korean family here and I have a good job, and this is how all those who stayed are like me.

제주의 친구들은 아이를 낳았을 때 생명의 탄생을 지지하며 찾아와 선물을 안겨주며 함께 웃어주었다. 제주에서 여섯 명의 아이가 태어났는데 그 때마다 웃으며 함께 기뻐해주었다.

그 여섯 명의 아이 중 한 명이 모하메드와 레한의 둘째 아이였다. 아름다운 딸 마리암이다.

한국 정부의 허락으로 제주에 들어온 554명의 예멘 난민들 중 많은 이들이 제주를 떠나 육지에서 일을 하며 살고 있다. 제주에는 일자리가 한정되어 있고 취업 기회가 많지 않았기 때문이다. 코로나19로 주방, 식당, 세차장 등이 문을 닫았고 일자리는 더 줄어들었다. 양어장과 채소나 과일 농장은 한 철 업종이어서 지속적인 직장생활이 불가능했다. 일자리를 찾아 육지로 나간 예멘 사람들은 명절이 되면 어려운 시절 곁을 내어주었던 한국인 가족들을 만나기 위해 고향을 찾듯 제주로 돌아온다. 제주에는 80명에서 110명 정도가 생활하고 있다.

예멘 사람들 대부분이 제주를 좋아한다. 제주는 작고 붐비지 않아서 좋다. 공기가 아름답고 사람들이 선해서 좋다. 새가족이 된 한국인 가족들이 있고, 직장도 있다.

In the end, I would like to thank you as well for giving me this oppor-
tunity to write and express what is going on inside me. I really wanted this
opportunity to write here and the talk ended, and in conclusion, I say God
bless South Korea, the people of South Korea, the government of South
Korea, and Jeju Island, the government of Jeju, and the people of jeju
island.

- 이렇게 글로써 짧지만 결코 짧지 않은 여정을 표현할 수 있어서 감사합니다.

- 신께서 대한민국과, 대한민국의 사람들과, 제주 섬과, 제주도정과, 제주 사람들에게 복을 주실 것입니다.

처음 모하메드의 난민 일기를 읽기 시작했을 때,
나의 성찰 일기를 겸하여 한국어로 옮기고 싶었다.
그런 마음으로 시작하고
그렇게 글을 옮기며 나의 이야기도 보태었지만
그의 글에 빠져 그의 글을 옮기는 것만으로도 가슴이 벅찼다.

죽음의 시간을 견딘 사람들이 우리 곁에 살러 왔다.
살겠다고 찾아왔다.

우리 안에도 죽음의 시간을 견디고 있는 사람들이 있다.
살겠다고 삶을 지탱하고 있는 사람들이 있다.

외부에서 들어온 난민들과
내부에서 버려온 난민들이

그들이 아닌
모두 우리인

그런 사회를 소망한다.

예멘의 역사와 난민

부족 체제와 종파 갈등

1990년 남북통일을 이루면서 예멘은 세계적으로 주목을 받았다. 남북이 각각 공화국을 수립한 이후 비교적 짧은 기간에 남북이 통일했다는 점에서 한국의 관심은 특별했다. 통일 후 예멘은 곧 내전과 재통일의 과정을 겪는다. 현재는 세계 질서의 변화 속에서 민주화와 내전, 테러리즘이라는 혼돈에 놓여있다.[1] 예멘이 위치하고 있는 아라비아(Arabia)는 '아랍'(Arab)에 지역을 나타내는 '~ia'를 붙인 것으로 '아랍어를 쓰는 사람들이 사는 곳'을 뜻한다.[2] 아라비아는 로마시대에 북부를 '돌의 아라비아'(Arabia Petraea), 중북부를 '사막의 아라비아'(Arabia Deserta), 남부를 '풍요로운 아라비아'(Aribia Felix)라고 한 기록이 있다.[3]

기원전 10세기 예멘 지역에 시바 왕국(Sheba Kingdom)이 있었다. 기원전 2세기까지 존속했던 이 왕국은 2000년에 예멘 북부 사막의 마리브에서 시바 여왕의 신전 등 왕국의 유적을 발굴되면서 실체가 확인되었다.[4] 왕국의 수도였던 마리브 인근에는 댐 유적이 있는데, 기원전 8세기경에 축조된 것으로 길이가 600m, 바닥의 폭이 60m, 높이가 18m로 당시의 도시 규모를 짐작할 수 있다.[5]

예멘 지역은 고도가 높아서 아라비아의 지붕(roof of Arabia), 또는 풍부한 초목과 경작이 가능해서 녹색예멘(green Yemen)이라고도 했다.[6] 2세기경에 시바 왕국 이후 힘야르 왕국이 등장해 6세기 페르시아에 의해 멸망하기 전까지 이 지역을 통치했다. 9세기에는 이라크 지역으로부터 이슬람 시아파 자이디파가 북부 지역에 정착해 라쉬드 왕조를 세웠다.[7] 예멘의 어원은 두 가지가 전해진다. 하나는 '축복이나 행복'을 뜻하는 아랍어 유문(yumn)에서 유래되었다는 것이고, 다른 하나는 아랍어의 오른쪽을 의미하는 야민(yumin)에서 유래됐다는 것이다. 예멘은 이슬람의 성지인 메카의 카바신전에서 보면 오른편에 있다.[8]

예멘 사회를 지탱해 온 두 개의 축을 이슬람 사상과 부족 제도라고 할 수 있다. 부족들은 자율권을 가지며 동등했고, 구성원들이 예멘인이라는 의식을 가지고 있었다. 때로는 국가를 지탱하는 지원세력이거나 국가 정치의 문제가 있을 때 저항 세력의 역할을 수행했다.[9] 한편으로는 고대에서부터 유지된 예멘의 전통적인 부족체제가 내전이 계속되는 원인 중에 하나로 지적되기도 한다. 현재에도 국제 패권국가 및 주변세력들이 부족집단들과 연계되어 분쟁이 끊이지 않고 있다. 부족체제와 더불어 갈등의 요인으로 종교적 분파주의도 있다. 이슬람 주요 세력인 수니파와 시아파의 대립이 현재 진행 중인 예멘 내전에서도 작동하고 있다.[10]

이슬람은 정통칼리프 시대 이후에 수니파와 시아파로 대립하면서 아랍지역의 대부분 국가에서 종파적 갈등과 분쟁을 낳고 있다. 페르시아인이 수립한 압바스 왕조 이후에 민족이 아닌 이슬람 신도로서 평등한 무슬림 형제라는 생각이 퍼졌지만 한편으로는 종파적 갈등이 더 깊어졌다. 13세기 라술 왕조가 수니파 선교정책을 펴면서 예멘 남부지역은 수니파가 우세하게 되었고, 북부지역은 시아파를 주요 종파로 하게 되었다.

남북예멘의 공화국 성립

북예멘의 사다 지역의 경우 오스만 제국이 물러나면서 1918년 시아파 무타와킬리트 예멘 왕국이 성립되었다. 이 왕국은 이집트의 나세르에 영향으로 1962년에 일어난 사회주의 쿠데타에 의해 붕괴된다.[11] 나세르는 1952년 이집트 왕정을 무너트린 군사쿠데타로 주목받으면서 이슬람주의가 아니라 아랍 민족주의를 주장하여 1958년에는 시리아와 통일아랍공화국을 건설하기도 했다.[12] 아랍 민족주의와 근대화의 영향으로 북예멘에서 젊은 장교들이 군사혁명을 일으켜 왕정을 몰아내고 예멘아랍공화국(Yemen Arab Republic)을 선포했다. 하지만 혁명으로 축출당한 왕정파가 북부 고원에 거점을 마련하고, 보수적인 아랍국가(사우디아라비아, 이란)와 영국의 지지를 받아 정권을 재탈환하려고 저항 했다. 상대적으로 혁명세력인 공화파는 진보적 아랍국가(이집트, 이라크)와 소련 등 사회주의국가의 지원을 받았다.

여러 나라가 자국의 이해관계에 따라 각 세력을 지원하면서 내전은 국제적 분쟁의 양상을 띠게 되었다.[13] 특히, 이집트는 아랍 민족주의 확산과 아랍패권을 위해 4~8만 명의 군대를 파견하면서 혁명세력을 지원했지만 1967년 수에즈 운하를 놓고 벌인 이스라엘과의 3차 중동전쟁에서 패배하고 북예멘 내전에서 군대를 철수했다. 이집트가 예멘에서 철군하면서 사우디아라비아도 왕정파를 지원하지 않기로 합의하여 8년간의 내전은 공화파의 승리로 끝났지만 약 20만 명의 희생자가 발생했다.[14] 평화협정을 체결하면서 사우디아라비아는 왕정파 세력을 공화정부에 포함시키고 경제 원조를 구실로 북예멘 내정에 개입하게 된다. 북예멘에서 성립된 예멘아랍공화국은 군부 세력과 하쉬드 부족연맹체가 주축이었다.[15]

군부혁명으로 예멘아랍공화국의 대통령이었던 살랄은 평화협정에 저항하다 1967년 11월에 이리아니의 군부쿠데타로 축출되었다. 1971년 선거에서 이리아니가 승리하면서 정통성 있는 정권으로써 부족세력을 견제하고, 사우디아라비아의 지원을 받으면서 내부적인 안정을 도모했다. 하지만 "예멘의 부족사회의 갈등과 권력투쟁의 환경" 속에서 1974년 군부와 부족연합 세력에 의해 이리아니는 시리아로 망명하게 되고, 함디 대령이 정권을 장악하게 된다. 함디도 부족세력 견제와 개혁을 위해 민족민주전선(National Democratic Front)을 조직하고, 남예멘과의 평화공존을 위한 통일논의도 적극적이었으나 1977년 10월 반대세력에 의해 암살당했다.[16] 그 뒤를 이어서 1978년 가쉬미가 대통령으로 선출되어 함디의 정책을 번복하고 보수적 노선을 택하게 되지만 같은 해 6월 남예멘 대통령의 특사와 면담 중 폭탄 테러로 사망하게 된다.

북예멘의 공화국이 수립되고 정권을 잡은 지도자들이 차례로 암살되는 상황에서 1978년 7월 알리 압둘라 살레가 대통령으로 선출되었다. 당시 예멘의 정치적 혼란 속에서 그가 대통령 지위를 오래 유지하지 못할 것처럼 보였다. 하지만 살레는 북예멘의 대통령으로 1990년 통일 예멘의 초대 대통령이 된다.[17] 살레는 전임자들이 암살당한 상황을 인식하고 사우디아라비아와 소련에 균현적인 중도외교 정책을 펼쳤다. 하지만 그에 대한 암살시도 없었던 것은 아니며, 1985년 5월에만도 3차례 시도가 있었다.[18]

남예멘의 경우는 오스만 제국과 영국, 이탈리아 등의 세력다툼이 치열하게 벌어졌다. 한반도가 동북아에서 지정학적으로 중요한 위치에 있는 것처럼 아라비아반도 서남부 지역에 있는 예멘은 유럽, 아시아, 아프리카를 연결하는 요충지이다. 인도양과 홍해를 연결하는 밥 엘-만데브(Bab el-Mandeb) 해협을 통제할 수 있는 전략적으로 매우 중요한 곳이다. 16세기 오스만 제국이 예멘 대부분을 통치하면서 예멘의 주요 항구들도 지배하에 두고 있었다. 영국은 17세기 커피무역과 지중해-극동을 연결하는 통로로써 예멘 남부의 주요 항구인 아덴을 주목했다. 18세기 나폴레옹의 인도침략을 방어하기 위해 라헤즈 지방 술탄과 협상하여 모카에 영국주재관을 설치했다.[19] 1차 세계대전까지 예멘인들은 오스만 제국과 조약을 맺어 협력관계를 유지했고, 예멘 왕국이 수립되면서 영국과 대치 국면을 이어갔다. 1934년 아덴이 예멘 왕국에서 독립되면서 영국의 지배를 받게 된다. 아덴을 중심으로 한 남예멘은 1967년 민족해방전선(NLF: National Liberation Front)이 아덴 주권을 인계받기 전까지 영국의 속국으로서 식민 지배를 당했다.[20] 분단 상황의 특성상 북예멘의 민족주의 운동은 군주정치를 무너뜨리고 근대적 국가를 건설하는 것을 목표로 하게 된 반면, 남예멘의 민족주의 운동은 식민지 해방전쟁의 성격을 띠며 발전하였다. 남예멘 내륙지역 학생들과 혁명적 지식인들은 북예멘에서 공화국이 수립되는 것을 계기로 1963년 6월 북예멘 수도 사나에서 민족해방전선을 결성하였다.[21]

남예멘은 영국의 식민통치하에서 점차 아랍 민족주의가 성장해 대영투쟁을 전개했다. 영국은 1952년 남부 아라비아 연합을 구성하고, 아덴 정부의 자치권으로 인정해줌으로써 민족주의자들의 저항을 약화시키려 했으나 실효를 거두지 못했다. 대표적으로 민족해방전선과 점령지 남예멘 해방전선(FLOSY: Front for the Liberation of Occupied South Yemen)이 대영 독립투쟁을 주도했다.[22] 1967년 영국이 철수를 결정하고 남아라비아 연방이 붕괴되자 권력을 차지하려고 NLF와 FLOSY간에 내전이 일어났다. 수개월에 걸쳐 일어난 내전은 남아라비아군을 흡수한 NLF에 승리로 끝이 났다. 마르크주의 성향의 NFL은 1967년 제네바회의에서 영국에게 아덴 정권을 인계받고 그해 11월에 남예멘 공화국(Republic of South Yemen)을 수립했다.[23]

남예멘은 급진적인 마르크스-레닌주의 세력이 주도하여 기존에 왕정파 세력과 이맘 체제를 제거하고 사회주의 노선을 지향했다. 아라비아지역에서 유일한 좌파정권으로서 지속적으로 소련과 교류하면서 체제를 공고히 했다. 소련 입장에서도 남예멘과의 우호적 관계를 통해서 홍해 지역을 거점으로 세력을 확장할 수 있었다.[24] 남예멘의 사회주의 정권은 국가수립 초기에 비교적 빠르게 안정을 이루었지만 내부적으로 여러 파벌이 형성되어 동질성을 결여했다. 민족통일에 대한 기본입장은 북예멘이 반봉건 자본주의 사회라는 인식에서 선진적인 사회주의체제 수용을 통한 적화통일이었다. 하지만 통일방식에 대해서는 친소 강경파와 실용주의자들로 지도층이 분열되어 합의가 이루어지지 않았다.[25]

남예멘은 1970년에 남예멘인민공화국(People's Republic of South Yemen)으로 국명을 변경했다. 1972년 트리폴리 회담에서 이 국명을 기본으로 '예멘인민공화국'이라는 국명에 합의했다. 그 당시에 소련식 공산주의가 아니라 중국식 사회주의 체제로 전환하려는 시도가 있었지만 친소파에 의해 축출되었다. 소련은 중동 진출의 발판으로 전략적 요충지인 남예멘이 필요했고, 남예멘 정권은 소련을 국가발전 모델로 삼았기에 소련이 아랍세계에서 영향력을 확대하고 미국 세력을 견제하는 데 남예멘을 중요한 역할을 했다. 미국은 동북아에서 중국의 태평양 진출을 억제한 것과 마찬가지로 소련의 인도양 진출 억제와 산유국인 사우디아라비아의 공산화를 예방하기 위해 전략으로 1970년대 후반부터 북예멘에 대한 직접적인 지원을 제공했다.[26]

남북전쟁과 통일협상

남북예멘에 각각 공화정부가 수립된 후에 상호 정권에 대한 견제와 전복 시도가 빈번히 발생했다. 그중 국경지역에서 두 차례 전면전이 일어나 수많은 사상자와 난민을 발생했다. 첫 번째 그 시작은 북예멘이었다. 1970년 북예멘 정부는 남예멘 출신 무장집단을 지원하여 사회주의정권의 전복을 시도했다. 사우디아라비아도 아라비아반도의 공산화를 막기 위해 남예멘에서 망명한 토후세력의 무장을 지원했다. 이들 반사회주의 무장세력은 남예멘과 국경지대에서 산발적으로 무력충돌을 일으켜 긴장감이 고조되었다. 그러다가 1972년 9월에 국경지대에서 대규모 전투가 일어났다.[27] 약 한 달 간 이어진 전투로 수천 명의 사상자와 난민이 발생했다. 충돌이 발생하자 아랍연맹(Arab League)[28]이 휴전 중재에 나섰고 남북예멘이 받아들였다.

아랍연맹의 중재로 1972년 10월 28일, 북예멘의 애이니 총리와 남예멘의 알리 나셀 총리가 카이로 회담에서 휴전협정 체결하고, 다음 달에는 북예멘 대통령인 이리아니와 남예멘 서기장인 루바이 알리가 트리폴리에서 정상회담을 개최했다. 트리폴리 회담에서 통일국가 수립에 합의하고 기본적 통일 노선을 결정하게 된다.[29] 당시 남예멘은 부족사회의 갈등과 정치인들의 권력투쟁으로 내전이 끊이지 않아 유일한 돌파구는 예멘통일정책이었다. 북예멘도 사우디아라비아의 원조에 의존하는 입장에서 국가발전을 위해서는 통일정책뿐이었다.[30] 양국의 충돌은 많은 사상자를 낳았지만 결론적으로 통일을 위한 중요한 밑거름이 되었다.

트리폴리 정상회담의 주요 합의사항은 통일국가의 국교로 이슬람교로 한다는 것, 국가이념으로 사회주의와 민주주의를 채택하는 것 등이다. 이에 따르면 통일국가는 '이슬람 정신에 입각한 사회주의 체제'를 지향하는 것이었다. 이는 북예멘 반봉건적 정치적 사회적 현실과는 맞지 않았다.[31] 결국 북예멘의 부족장들과 보수주의자들의 반대와 남예멘의 지원을 받은 북예멘 진보세력단체인 민족민주전선의 폭동과 파업 등으로 정치적 소요가 일어나 트리폴리 성명에서 합의한 내용을 모두 폐기되었다.[32] 하지만 이후 사우디아라비아의 중재로 1977년 2월 국경지대 카타바에서 다시 정상회담을 했다. 남북예멘의 지도자들은 각자의 권력투쟁을 위해서 상호협력이 필요했다. 북예멘 대통령 "함디는 민주세력을 이용하여 부족 세력과 사우디아라비아의 영향력을 상쇄하기 위해서 남예멘을 포용한 반면, 루바이 알리는 친소파들의 입지를 약화시키기 위해서 북예멘과 협력관계를 유지하였다."[33] 하지만 함디 대통령 암살과 그 뒤를 이은 가쉬미 대통령 폭탄테러, 그리고 그것을 빌미로 일어난 남예멘의 정변으로 인해 전략적으로 이어지던 통일 협상은 중단되었다.[34]

1972년에서 1978년 사이에 남북예멘은 지도부 간의 통합 논의가 진행되면서도 서로 정치적 선동과 무력충돌이 심화되었다. 이 과정에서 미국과 소련은 각각 북예멘과 남예멘에 대한 원조를 증가하면서 냉전체제 속에서 남북예멘의 충돌이 대리전 양상을 띠기도 했다.[35]

리바이 알리 대통령은 처형하고 남예멘의 권력투쟁에서 승리한 친소파의 이스마일은 민족전선을 해체하고 사회주의 전위당인 예멘사회당을 설립했다.[36] 양국 사이에 정치적 긴장이 고조되면서 국경지역의 다시 충돌이 잦아졌다. 1979년 2월 민족민주전선의 게릴라 활동 지원을 위해 남예멘 군대가 북예멘 남부지역 카타바를 공격하면서 2차 대규모 국경충돌이 발생했다.[37] 1차 남북전쟁 때보다 더 많은 사상자와 난민이 발생했다. 이번에도 아랍연맹의 적극적인 중재로 같은 해 3월 28일 쿠웨이트에서 양국 정상회담이 개최되어 휴정협정을 체결하고 국경분쟁과 무력충돌의 근본적 해결을 위해서는 통일밖에 없다는 공통된 인식을 확인한다.[38]

1981년 북예멘 살레 대통령과 알리 나셀 대통령의 아덴 정상회담이 성사되고, 같은 해 12월에는 통일헌법 초안을 만들기에 이르렀다. 하지만 북예멘이 점차 정치·경제적으로 안정되는 것에 비해 남예멘 알리 나셀 정권은 유가 하락으로 주변 아랍국가의 원조가 어려워지는 등 경제가 불투명해졌다. 이에 대한 책임을 물어 친소 강경파인 이스마일이 다시 권력을 잡으려 하자 1986년 1월 이스마일 등 친소 강경파들을 사살하는 등 알리 나셀이 강경하게 진압하면서 두 세력 간의 무력충돌로 이어졌다. 약 2주간의 내전은 알리 나셀과 추종자들이 북예멘으로 피신하면 끝이 났다.[39]

1979년 2차 남북전쟁 이후 북예멘 대통령 살레는 소련과의 관계를 강화하고 민족민주전선을 포섭하려고 했으나 사우디아라비아가 부족장들을 후원해 이슬람전선(Islamic Front) 결정하도록 해 압력을 행사했다. 결국 살레 정권은 민족민주전선에 강경책을 택했다. 민족민주전선은 정부군의 공세에 게릴라전으로 대항하다 1982년 4월 와해되어 잔존세력은 남예멘을 도피했다. 사우디아라비아의 경제원조에 대한 의존은 1984년 석유가 발굴되면서 개선되기 시작했다. 경제성장에 대한 낙관으로 살레 정권의 지지도가 상승했고, 1987년 석유 수출로 지방 부족지역에 대한 교육, 의료 시설 확충 및 보조금 지급으로 부족세력에 대한 영향력을 증대시켰다.[40]

그런데 국경지대 석유 개발이 무력충돌로 위태로워지자 남북예멘은

1988년 5월 사나에서 정상회담을 개최하고, 분쟁지역을 비무장지대화하고 공동개발하기로 했다.[41] 이러한 경제협력은 남북 관계를 진전시키는 중요한 역할을 담당했다. 이후 1989년 아덴 정상회담에서 통일 헌법 초안에 조인하고, 이듬해 5월 22일 통일을 선포했다.

세계적 이슈였던 독일통일이 이루어지기 5개월 전인 1990년 5월 22일 북예멘의 살레 대통령과 남예멘의 대통령 아타스가 아덴에서 통일 문서에 서명함으로써 예멘공화국(Repubilc of Yemen)이 수립되었다.[42] 예멘의 통일은 인접한 사우디아라비아에 부담으로 작용했다. 예멘 왕국이 북예멘 즉, 예멘아랍공화국으로 성립되는 과정에서부터 영국의 세력권이었던 남예멘이 독립하여, 남북예멘이 통일을 이루기까지 사우디아라비아는 자국의 이권에 따라 지속적으로 개입하면서 간섭했다.

남예멘을 사회주의 좌파정권이 장악하고 친소 기조를 강화하자 중동지역에 대한 소련의 세력 확장이 이루어졌고, 이에 따라서 사우디아라비아를 비롯한 아랍권 보수세력은 위기의식을 느끼게 되었고, 북예멘에 대한 다각적인 원조를 추진했다.[43] 북예멘 내전에서 왕정파를 지원했고, 공화국 성립 이후에는 북예멘 지역의 보수적인 부족세력을 지원함으로써 반정부세력이 유지되도록 했다. 왕정을 유지하는 사우디아라비아는 남예멘의 좌익세력뿐만 아니라 공화국 정부에 대해서도 견제했다.[44]

1976년에는 남예멘의 친소 성향을 억제하고자 국교를 수립하지만 1972년 1차 국경충돌 때에는 남북예멘의 통합 움직임에 반대하기 위해 경제적 원조를 중단하겠다는 압력을 행사하기도 했다. 1988년 소련이 개혁과 개방정책을 시행하면서 남예멘에 대한 경제원조가 감소하고 비공산화 통일에 대해서도 문제를 제기하지 않게 되었다. 또한 동유럽의 민주화 바람은 남예멘이 보다 적극적으로 통일논의에 참여하게 했다.

사우디아라비아는 소련과의 관계개선과 자국안보에 대한 위협이 사라지면서 남예멘과 경제와 문화 전반의 협력을 약속하는 협정을 체결하고 예멘 통일을 지지한다고 천명했다. 아랍권에서 유일하게 사회주의 체제를 고수하던 남예멘이 주변국을 비롯한 미국과의 외교 관계를 적극적으로 개선하려는 태도를 보였다는 점도 중요하게 작용했다.[45]

예멘의 분단과 통일에 대한 관심과 연구는 한반도의 문제 해결을 위한 관점에서 다루어졌다. 한반도 통일의 시사점은 먼저 남북예멘의 분단과 대립으로 전쟁과 충돌이 발생했지만 대부분 곧바로 평화공존을 위한 통일논의로 이어졌다는 점이다. 1-2차 남북전쟁은 각각 평화협정을 맺는 계기가 되었다. 두 번째는 국제적 환경의 변화가 통일논의를 가속화 시켰다. 1980년대 냉전체제의 종식과 동유럽의 민주화 영향으로 통일을 가로막는 외부적 요인들이 사라졌다. 세 번째 경제적 요인은 소련의 원조가 감소하면서 남예멘이 경제적 위기에 봉착함으로써 돌파구가 마련되었다. 국경지대의 석유개발 협조를 위해서 통일논의가 급물살을 타게 되었다. 마지막으로 남예멘의 자체적인 변화를 주목할 수 있다. 1989년 남예멘 정권은 그동안 고수했던 사회주의 체제의 과오를 인정하고 정치, 경제, 종교 등 다방면에서 변화를 꾀했다. 이는 민중 봉기와 투쟁이 아니라 지도층 자신의 의지로 변화한 것이다.[46] 반면, 예멘 통일이 안고 있는 문제는 분배와 통합에 있었다. 분배와 통합은 큰 틀에서 동등하고 공정하게 이루어지는 것이 맞다. 하지만 각 분야의 구체적 사항을 고려하지 않은 산술적 분배와 기계적 통합은 갈등과 분열을 낳고 분쟁을 초래한다는 것을 여실히 보여주었다.

예멘통일과 내전, 난민

1990년 예멘공화국으로 성립된 통일 예멘은 남북이 동등하게 통일하는 것을 원칙으로 했다. 그래서 대등하게 정치권력을 배분했다. 하지만 사회적 합의 없이 기계적으로 이루어진 통일정부에 불만이 터져 나왔다. 1993

년 4월 선거에서 살레에게 패한 알 바이드는 사나에서 아덴으로 되돌아가 정치적 갈등을 야기했다. 급기야 4월에 남북예멘 군대의 무력충돌이 발생하고 남예멘이 예멘공화국에서 탈퇴선언을 하면서 5월부터 전면적인 내전으로 돌입했다. 다행이 두 달 만에 남예멘 군대가 후퇴하고 항복하면서 내전이 마무리 되었다.[47]

예멘 통일과정에서 실질적인 군사통합이 이루어지지 않아 통일 이전의 지휘계통을 따르면서 지도부간 정치적 불화가 내전으로 이어졌다. 경제상황도 통일 직후 발발한 걸프전으로 인해 사정이 더욱 악화되었다. 당시 예멘은 이라크의 쿠웨이트 침공을 비난했지만 이라크 제재 및 사우디아라비아에 파병하는 것 등을 반대하면서 서방으로부터 원조가 중단되고 해외노동자의 국내 송금이 끊어졌기 때문이다.[48] 또한 사회·문화적으로 이슬람주의를 기반으로 하는 통일 이후의 기조는 사회주의 영향을 받은 남예멘 사람들의 반발을 샀고, 걸프전 여파로 경제난이 심해지자 반정부 시위는 격화되었다. 통일 이후에 남부출신들에 대한 탄압과 차별로 중앙정부에 대한 반감이 초래되어 분리주의 목소리가 제기되고, 새로운 남예멘 건설 움직임이 본격화 되었다.[49]

통일 직후에 일어난 걸프전은 예멘 사회의 안정과 통합의 악재로 작용했다. 걸프전은 이란과 이라크 전쟁의 연장선에 있었다. 이라크의 사담 후세인은 이란 혁명의 확산 차단과 국경선 수로의 영유권 문제, 그리고 쿠르드족 반정부 독립투쟁 지원 등의 이유로 전쟁을 선포했다. 이란은 혁명으로 혼란스러웠고 군사력도 열세에 있었고, 사우디아라비아와 미국 등의 지원이 있었기에 이라크는 손쉬운 승리를 예견했다. 하지만 전쟁은 1980년부터 1988년까지 8년간 이어졌고, 유엔의 중재로 휴전협정을 맺고 끝이 났다. 이라크는 많은 인명 피해와 경제적 손실을 입었고, 전쟁비용에 대한 부채를 감당해야 했다. 사담 후세인은 이러한 위기를 극복하고자 1990년 쿠웨이트를 침공하여 이틀 만에 점령했다.[50] 이라크의 명분은 쿠웨이트의 영토침범과 석유 증산에 의한 국제유가 하락 등이었다. 실제로 침공을 감행할 수 있었던 것은 탈냉전적 국제 정세 속에서 초강대국이 적극적으로 개입하지 못할 것이고,[51] 아랍권 국가들의 반제국주의(반미주의) 정서와 아랍 민족주의(범아랍주의)를 이용한 것이다.[52] 후세인은 쿠웨이트 점령 후 사우디아라비아에 대한 비난 쏟아내고 공격의지를 내비쳤다.

미군이 사우디아라비아에 주둔할 때도 아랍세계에서 비난의 목소리를 높였다.[53] 쿠웨이트는 걸프협력회의(GCC)에서 질시를 받고 있었고, OPEC 합의에 대해서 존중하지 않는 것에 주변국이 분개하고 있었다.[54] 아라비아 반도의 식민지 국경은 인구와 자원이 불평등한 아랍 민족국가들을 만들었다. 쿠웨이트는 석유로 인한 막대한 부를 가지고 있었다. 이라크의 쿠웨이트 침공은 부자이웃을 부러워할 수밖에 없던 예멘인들이 대리만족을 느끼게 했고,[55] 알제리와 튀니지, 베이루트, 요르단 및 팔레스타인은 환호와 공감을 보냈다. 사우디아라비아는 이라크의 침공 우려에 미국에 군사지원을 요청하고 이교도의 군대를 국내에 주둔하도록 했다. 이는 아랍국가로서 제국주의와 시오니즘을 반대해오던 것에 역행하는 것이었다. 예멘정부의 기본입장은 아랍에서 외국군대의 철수였다. 그래서 미군의 사우디 파병 및 다국적군의 사우디 파병 등에 반대했다. 이에 대해서 사우디아라비아는 바로 보복조치를 취했다. 100만 명에 달하는 예멘인 근로자를 추방했다.[56] 이러한 조치로 해외 송금이 차단되고 실업문제가 심화되었다. 해외 의존적인 경제구조 가진 예멘으로서는 심각한 경제·사회적 문제에 직면하게 되었다.[57] 사우디아라비아의 조치는 무력을 사용하지 않고 쿠웨이트에서 이라크를 철수시킬 수 있다는 예멘정부의 입장이 틀렸다는 것을 보여주고자 한 것이기도 했다.[58] 재미있는 것은 8년간 이라크와 전쟁을 치렀던 이란은 공식적으로 이라크에 대한 제제에 참여했지만, 이라크에 식량과 피난처를 제공 하는 등 이중적 태도를 보였다.[59]

남북예멘의 통일은 남북이 저개발 국가였기에 오히려 동등한 입장에서 통일을 논의할 수 있었다. 하지만 사실상 진정한 통합이라기보다 정권의 이해관계와 국제 정세, 경제적 필요에 의해 전략적으로 이루어지다 보니통일 이후의 사회 안정과 통합 과정이 순탄하지 못했다. 1994년에 내전이 발발하기도 했고, 2004년에는 알 후티가 살레 정권에 반대하는 무장봉기를 일으켰다. 자이디 시아파인 후티 반군은 예멘 내정 차원에서 뿐만 아니라 시아파 연대를 추구하는 이란이 개입하여 이란-사우디아라비아 간의 대리전쟁 양상을 띠기도 했다.[60]

2011년 튀니지에서 시작된 '아랍의 봄'은 살레 정권에 대한 반격에 대중적 지지를 더해 주었다. 살레 대통령의 하야와 민주화를 요구하는 시위대에 의해 2012년 살레는 당시 부통령이었던 하디에게 권력을 이양하고 민간인으로 돌아갔다. 살레는 예멘의 통일 등 정치적 업적이 있었으나 전체주의 통치와 부패, 경제적 저발전과 및 실업 등의 문제를 초래했다. 2007년 OECD 보고서는 예멘이 빈곤의 만연, 세수의 부족 및 무력한 입법의회 시스템 등의 취약국가의 전형적 특징을 보인다고 했으며, 상황이 악화될 경우 실패국가로 전락할 수 있다고 지적했었다.[61]

하디 정권은 민족대화회의(National Dialogue Conference)를 개최하여 2014년 1월까지 주요 정당과 사회의 여러 분야를 대표하는 사람이 참여하여 헌법을 비롯한 경제와 복지, 민주개혁, 후티 등을 토의했다. 하지만 후티와 남부세력이 주요 문제에 동의하지 않았고, 2014년 9월 후티가 수도 사나를 장악하면서 민족대화회의 성과는 무효화되었다. 2015년 1월에는 대통령궁을 접수하고 2월에는 국회를 해산시켰다. 후티는 "정부에 의한 만연한 부패와 시아파에 대한 사회 경제적 방관, 그리고 수니 와하비즘[62] 영향력 증가 허용과 미국과의 동맹을 문제 삼았다."[63] 와하비즘은 사우디아라비아의 종교적 기반으로써 수니파에 속한다. 시아파인 후티 반군에 의한 내전에서 종파적 갈등이 원인으로 작용하고 있다. 이란이 후원하는 후티 반군과 아랍연합군이 지원하는 예멘 정부군 간의 내전은 장기화 되면서 예

멘의 평화회복이 불가능한 지경에 이르고 있다.[64]

2022년 4월 후티 반군과 예멘 정부군이 유엔 중재에 따라 2개월간 휴전에 합의했다. 수도 사나 공항과 호데이다 항구를 개방하고, 사우디아라비아의 유전 시설에 대한 드론 공격을 중단했다. 한시적 휴전임에도 불구하고 민간인 사상자 수가 현저히 줄었으며, 2개월 휴전은 두 차례 연장되어 10월 2일까지이다.[65] 휴전 시점에 하디 예멘 대통령은 자신의 모든 권한을 대통령 위원회(Presidential Leadership Council)에 이양하기로 했다. 위원회는 주요 정치, 사회, 군사 단체의 대표들로 구성되었다. 사우디아라비아는 하디의 결정을 환영하면서 위원회가 UN 주도의 후티와의 협상에 적극적으로 참여할 것을 촉구했다.[66] 사실 사우디아라비아 주도의 연합군이 군사작전을 벌이고 후티 반군과 전쟁을 치르는 과정에서 예멘 인구의 80%인 2,400만 명이 참혹한 인도적위기 상황에 처하게 되었다.[67] 내전 초기에 아랍연합군의 무차별 공습으로 학교와 병원 시설이 파괴되고 민간인 사상자가 발행하는 등 내전 상태인 예멘은 양진영으로 인해 지속적으로 사상자와 난민이 늘어나고 있다.

2019년 5월 말 기준으로 예멘 내전 이후 민간인 사상사가 최소 1만1천 명이 사망하고, 9만 명 이상의 사상자가 발생했다. 예멘의 민간인에 구호 물품을 전달하는 것도 매우 어려우며, 예멘의 기근이 장기화 되고 있어서 1,700만 명이 위기 상황에 처해있다.[68] 내전 이후 약 10만 명이 주변 국가로 탈출했고, 해협을 가로질러 아프리카의 뿔 지역의 지부티로 피난이 이어지고 있다. 하지만 피난 과정과 피난처의 상황은 극도로 열악하여 "예멘 난민들은 공습과 포격에 의한 빠른 죽음에서 도피하여 사막에서 천천히 죽어가고 있다."[69] 예멘의 내전은 언제 끝날지 알 수 없다. 아랍연합국을 이끄는 사우디아라비아가 국경을 접하고 있다는 안보 관점에서, 이란은 후티 반군이 유력한 동맹이라는 점에서, 그리고 미국의 해상 석유 수송로의 안전 확보와 중국의 에너지 자원 이해관계가 만나고 있다는 점에서, 이들 국

가 간 종파적 갈등과 이해관계의 조정이 결론 나지 않기에 예멘 내전은 종결되지 않고 있다.[70]

주석

1 홍성민, 「민주화를 향한 새로운 지평, 예멘」, 김종도, 박현도 엮음, 『아랍 민주주의, 어디로 가나』, 2012, 모시는 사람들, 123쪽.

2 아랍은 아랍어를 사용하는 민족과 관련된 용어이며, 유사하게 사용되는 이슬람은 종교를 가리키는 말이다. 현재에는 아라비아 주변의 아랍어를 사용하는 문화권이나 이슬람 문화의 영향을 받는 지역을 가리킨다.

3 이원복, 『가로세로 세계사 제3권 중동』, 2007, 김영사, 33쪽.

4 박영순, 「커피 시원지는 예멘 아닌 에티오피아」, 『신동아』, 2017년 8월호.

5 홍성민, 『행운의 아라비아 예멘』, BG북갤러리, 2006, 103쪽.

6 홍성민, 앞의 논문, 2012, 128쪽.

7 柳正烈, 「分斷國統一과 周邊國關係: 예멘 경우」, 『중동연구』 12, 1993, 2쪽.

8 홍성민, 앞의 책, 2006, 79-80쪽.

9 홍성민, 앞의 논문, 2012, 36-39쪽.

10 김중관, 「예멘 사태의 지리·정치적 구도와 난민문제의 거버넌스」, 『국제지역연구』 23(3), 2019, 65쪽.

11 서동찬, 「수니파와 쉬아파의 분쟁에 대한 정치적 이해: 시리아와 예멘 사태를 중심으로」, 『Muslim - Christian Encounter』 12(1), 2019, 75쪽.

12 양경규, 『이슬람주의 와하비즘에서 탈레반까지』, 2021, 벽너머, 56-62쪽.

13 김국신, 「통일협상 과정에서 남북예멘 내부의 권력투쟁」, 『統一政策硏究』, 2001, 74-75쪽.

14 홍순남, 「예멘의 정치발전과 이슬람」, 『中東硏究』 23(2), 2004, 13-14쪽.

15 서동찬, 앞의 논문, 75쪽.

16 홍순남, 앞의 논문, 14-15쪽.

17 홍성민, 앞의 책, 2006, 25쪽.

18 柳正烈, 앞의 논문, 10쪽.

19 柳正烈, 앞의 논문, 3쪽. 모카(Mocha)는 아덴과 인접한 작은 항구였지만 커피 수출항으로 유명했으며, 모카 커피의 유래가 되었다.

20 金秀南, 「南北예멘의 統一過程과 敎訓」, 『國防硏究』 34(1), 1991, 55쪽.

21 김국신, 앞의 논문, 77쪽.

22 금상문, 「남북예멘의 통일노력과 통일장애에 대한 소고」, 『한국중동학회논총』 10, 1989, 365쪽.

23 金秀南, 앞의 논문, 55-56쪽.

24 金秀南, 앞의 논문, 55-56쪽.

25 김국신, 앞의 논문, 79-80쪽.

26 金秀南, 앞의 논문, 60쪽.

27 장옥균, 「예멘의 통일과 그 문제점에 대한 연구」, 『政治論叢』 33, 1998, 89쪽.

28 아랍연맹은 1945년 3월 사우디아라비아와 이집트, 이라크 등이 창설했는데, 예 멘 왕국도 같은 해 5월에 회원국으로 참여했다. 이후 아라비아와 북아프리카 아 랍 국가들이 가입하여 22개국으로 늘어났다. 아랍연맹은 회원국 사이의 경제, 문 화 분야에서 협력뿐만 아니라 정치적으로도 아랍 국가들의 안전보장과 국가이익 에 힘을 쏟고 있다(금상문, 「사우디아라비아와 아랍연맹 관계 연구」, 『중동연구』 38(2), 2019, 3-4쪽).

29 이성, 「남북예멘 통일 사례 연구–성급한 통일합의의 위험성을 중심으로」, 국민대 학교 정치대학원 석사학위 논문, 2019, 36쪽.

30 홍순남, 앞의 논문, 17쪽.

31 김국신, 앞의 논문, 81쪽.

32 이성, 앞의 논문, 37쪽.

33 김국신, 앞의 논문, 83쪽.

34 이성, 앞의 논문, 38-39쪽.

35 이성, 앞의 논문, 35쪽.

36 김국신, 앞의 논문, 88쪽.

37 장옥균, 앞의 논문, 90-91쪽.

38 이성, 앞의 논문, 40-41쪽.

39 김국신, 앞의 논문, 91쪽.

40 김국신, 앞의 논문, 85-86쪽.

41 장옥균, 앞의 논문, 92-93쪽.

42 金秀南, 앞의 논문, 53쪽.

43 이성, 앞의 논문, 26쪽.

44 김국신, 앞의 논문, 75-76쪽.

45 金秀南, 앞의 논문, 61-62쪽.

46 金秀南, 앞의 논문, 67-69쪽.

47 홍성민, 앞의 책, 2006, 35-36쪽.

48 조상현, 「예멘 내전과 남북한 통일교훈 분석–통합유형을 중심으로」, 『중동연구』 31(2), 2012, 65-69쪽.

49 인남식, 「최근 예멘 정세 변화와 향후 전망」, 『주요국제문제분석』 No. 2010-08, 2010, 6쪽.

50 양경규, 앞의 책, 159-166쪽.

51 류재갑, 「특집: 걸프전 종합평가, 무엇을 남겼나」, 『걸프전 종합평가』, 1991, 20쪽.

52 金乾洽, 「걸프전쟁의 역사적 배경과 전망」, 『石油協會報』, 1991, 58쪽.

53 양경규, 앞의 책, 169쪽.

54 최성권, 「걸프戰 이후의 새로운 中東國際秩序」, 『지역과세계』 19, 1992, 82쪽.

55 최성권, 앞의 논문, 9-11쪽.

56 1980년 기준으로 사우디아라비아에 예멘인 근로자는 약 80만 명이었고, 이들은 13억 달러를 예멘으로 송금했다.

57 홍성민, 앞의 책, 36-37쪽.

58 최성권, 앞의 논문, 11-12쪽.

59 최성권, 앞의 논문, 15쪽.

60 인남식, 앞의 논문, 5쪽.

61 인남식, 앞의 논문, 3쪽.

62 와하비즘은 1700년대 와하브라는 사람이 설파한 이슬람의 교리로 무함마드 시절 초기 이슬람을 부활시켜 아랍을 이슬람 공동체로 재건해야 한다고 주장했다. 외세의 지배와 박해, 가난한 삶에서 와하비즘은 새로운 계시로 등장했고 종교공동체로 확장되었다. 영국의 지원을 받아 세력을 키운 사우드 가문은 와하비즘 무장하여 오스만제국을 아라비아반도에서 몰아내고 1924년 이슬람 성지인 메카와 메디나를 점령하고, 1932년 사우디아라비아 왕국을 수립했다. 왕국 수립 후 와하비즘은 여전히 왕국의 사회원리로 채택되었고, 와하브파는 종교의 중심 세력을 형성했다(양경규, 앞의 책, 39-49쪽).

63 서동찬, 앞의 논문, 93-97쪽.

64 김중관, 앞의 논문, 62쪽.

65 한국일보, 「후티와 휴전한 예멘, 내분 격화에 오일 전쟁 터지나」, 2022년 9월 9일자.

66 남옥정, 「후티 세력은 왜 UAE를 공격했나? 샤브와 쟁취를 위한 경제 전쟁의 서막」, 『GCC Issue Paper』 39, 2022, 19쪽.

67 남옥정, 앞의 논문, 17쪽.

68 김중관, 앞의 논문, 72쪽.

69 김중관, 앞의 논문, 72-76쪽.

70 서동찬, 앞의 논문, 103쪽.

참고문헌

金乾洽, 「걸프전쟁의 역사적 배경과 전망」, 『石油協會報』, 1991.

김국신, 「통일협상 과정에서 남북예멘 내부의 권력투쟁」, 『統一政策研究』, 2001.

金秀南, 「南北예멘의 統一過程과 敎訓」, 『國防研究』 34(1), 1991.

김중관, 「예멘 사태의 지리·정치적 구도와 난민문제의 거버넌스」, 『국제지역연구』 23(3), 2019.

금상문, 「남북예멘의 통일노력과 통일장애에 대한 소고」, 『한국중동학회논총』 10, 1989.

금상문, 「사우디아라비아와 아랍연맹 관계 연구」, 『중동연구』 38(2), 2019.

남옥정, 「후티 세력은 왜 UAE를 공격했나? 샤브와 쟁취를 위한 경제 전쟁의 서막」, 『GCC Issue Paper』 39, 2022.

류재갑, 「특집: 걸프전 종합평가, 무엇을 남겼나」, 『걸프전 종합평가』, 1991.

柳正烈, 「分斷國統一과 周邊國關係: 예멘 경우」, 『중동연구』 12, 1993.

박영순, 「커피 시원지는 예멘 아닌 에티오피아」, 『신동아』, 2017년 8월호.

서동찬, 「수니파와 쉬아파의 분쟁에 대한 정치적 이해: 시리아와 예멘 사태를 중심으로」, 『Muslim – Christian Encounter』 12(1), 2019.

주예멘 한국대사관, 「예멘개관」, 주재국정보, https://overseas.mofa.go.kr/ye-ko/index.do

양경규, 『이슬람주의 와하비즘에서 탈레반까지』, 2021, 벽너머.

이성, 「남북예멘 통일 사례 연구-성급한 통일합의의 위험성을 중심으로」, 국민대학교 정치대학원 석사학위 논문, 2019.

이원복, 『가로세로 세계사 제3권 중동, 2007, 김영사.

인남식, 「최근 예멘 정세 변화와 향후 전망」, 『주요국제문제분석』 No. 2010-08, 2010.

장옥균, 「예멘의 통일과 그 문제점에 대한 연구」, 『政治論叢』 33, 1998.

조상현, 「예멘 내전과 남북한 통일교훈 분석-통합유형을 중심으로」, 『중동연구』 31(2), 2012.

최성권, 「걸프戰 이후의 새로운 中東國際秩序」, 『지역과세계』 19, 1992.

한국일보, 「후티와 휴전한 예멘, 내부 격화에 오일 전쟁 터지나」, 2022년 9월 9일자.

홍성민, 『행운의 아라비아 예멘』, BG북갤러리, 2006.

홍성민, 「민주화를 향한 새로운 지평, 예멘」, 김종도, 박현도 엮음, 『아랍 민주주의, 어디로 가나』, 2012, 모시는 사람들.

홍순남, 「예멘의 정치발전과 이슬람」, 『中東研究』 23(2), 2004.

필자소개 ────────────

모하메드 (Alghaodari Mohammed Salem Duhaish)
1985년 사우디 아라비아에서 태어난 예멘 사람이다. 1990년부터 예멘에서 살았고, 2006년부터 2010년까지 예멘 대학교(Al-Yemenia University)에서 영문학을 전공하였다. 2015년 예멘을 출발하여 2018년 제주에 도착한 예멘 난민이다. 제주에 도착한 후 제주 사람 모니카 부부와 가족의 연을 맺었다. 아내 레한과 아들 함자, 딸 마리암과 함께 서귀포시 남원에 살고 있는 남원 사람이다.

김준표 (金埈杓 Kim, Jun Pyo) 제주대학교 탐라문화연구원 학술연구교수
1966년생으로 제주대학교에서 영문학을 공부하고 장로회신학대학교에서 신학(M.Div.와 Th.M.)을 전공한 후, 제주대학교 사회학과에서 문학박사 학위를 받았다. 2005년 이후 제주대학교 사회학과 강사로 후학들을 만나고 있으며, 2019년 이후 제주대학교 탐라문화연구원 학술연구교수로 재직 중이다. 주요 연구주제는 도박, 종교, 여성, 소수자, 난민, 다문화, 쿰다인문학이다. 저서로『도박사회학』(김석준 김준표 공저, 제주대학교 탐라문화연구원, 2016), 논문으로「제주지역 여성노동의 유형별 비교 연구」(2019),「제주지역 여성노동의 유형별 비교 연구」(2019),「Can a religion promise a future without anxiety?」(2019),「다문화사회의 정체성트러블과 제주의 쿰다 문화」(2020),「제주도민의 난민 인식」(전영준 김준표, 2021),「경계를 넘는 이동과 함께 산다는 것」(2021),「여러 전통들과 초월의 재해석」(2021),「제주도 지역개발시기 제주 여성의 노동과 지위」(강경숙·김준표, 2022) 등이 있다

김진선 (金秦仙 Kim, Jin-sun) 제주대학교 탐라문화연구원 학술연구교수
제주대학교 철학과와 동 대학원을 졸업하여 중국 베이징대학교 철학과에서 郭象의『莊子注』에 관한 연구로 박사학위를 받았다. 제주대학교 철학과에서 중국철학을 강의하고 있으며, 제주대학교 탐라문화연구원 학술연구교수로 재직 중이다. 논저로는『중국의 재발견』(공저, 2012),「원시유가의 심론의 형성과 특징」(2015),「한국 사회에서의 난민 인식의 문제」(2020) 등이 있다.